COLLECTION FOLIO

Françoise Chandernagor

de l'Académie Goncourt

Couleur du temps

Gallimard

Après des études de droit et de sciences politiques, Françoise Chandernagor a fait la plus grande partie de sa carrière au Conseil d'État. Depuis 1995, elle est membre de l'Académie Goncourt. Elle est l'auteur d'une pièce de théâtre et de plusieurs romans, tous couronnés de succès : *L'allée du Roi, La Sans Pareille, L'archange de Vienne, L'enfant aux loups, L'enfant des Lumières, La première épouse, La chambre.*

Couleur du temps est son neuvième ouvrage.

V*** fut-il un grand peintre ou un petit maître ? Un coloriste-né ou un fabricant sans génie ? Nous n'en savons rien : la postérité n'a pas rendu son arrêt. Tout juste peut-on dire que V*** était déjà mort de son vivant : lorsqu'il disparut, sa belle époque était révolue, sa mode, démodée. Portraitiste aimable dont les princes s'arrachaient les services trente ans plus tôt, il avait été balayé par la vague du « sublime » : succès de la peinture morale, retour de la peinture historique.

À la fin il s'essayait bien, lui aussi, à peindre des *Bénédiction de la Grand-Mère* et des *Mort de Sénèque*, mais le cœur n'y était pas... Voilà pourquoi les Parisiens furent étonnés en apprenant que ce fantôme allait exposer au Salon. Un grand tableau. Grand par la taille, du moins : dix pieds de large sur six de haut ! Il s'agissait d'un *Portrait de l'artiste avec sa famille.*

Aussitôt, rumeurs et cancans : l'affaire, minuscule, fait événement — quel âge a-t-il donc, ce V*** ? Des académiciens font courir le bruit que son tableau n'est pas récent : le peintre n'a-t-il pas subi, l'année d'avant, une attaque d'apoplexie qui l'a rendu impotent ? Et « sa famille » ? De quelle famille parle-t-on puisqu'il est veuf depuis des siècles et qu'il ne lui reste pas d'enfants ? Il a dû céder cinq ans plus tôt, sous un nom d'emprunt, ses propres collections, maintenant il se sépare de ses œuvres de jeunesse : retiré au faubourg Saint-Marcel avec une vieille servante, il n'a plus le sou... D'autres soutiennent, au contraire, que le tableau n'est pas à vendre : V*** ne souhaite que le montrer. Du reste, il ne s'agit pas d'une œuvre ancienne : si le peintre l'a commencée quarante ans plus tôt, il n'a jamais, depuis, cessé d'y toucher ; c'est le portrait de toute une vie.

« Le portrait d'une vie » ? On s'amusa de cette formule. « Portrait d'une vie », excusez du peu ! Ah, le vieux fou ! Croyait-il avoir achevé l'un parce que l'autre se terminait ?

En vérité, ce tableau — où nos contemporains voient la représentation touchante d'une famille heureuse — n'est pas moins que les autres une œuvre de commande. À la différence que, si la clientèle de V*** était formée pour l'essentiel de grands seigneurs et de financiers, le commanditaire du *Portrait de famille* n'avait pas d'argent pour dédommager l'artiste de son travail ; ce qui ne l'avait pas empêché de se montrer gourmand : « Un grand tableau, s'il vous plaît, peint jusqu'aux pieds ! » Ce client exigeant était la toute jeune Madame V***.

V*** s'était marié sur le tard. Il avait mis longtemps à s'imposer dans son métier : par sa naissance il se trouvait à peu près étranger au monde de la peinture. Son père, artisan vergetier, fabriquait des brosses pour les décrotteurs et des aigrettes de chevaux pour les cochers : brosse pour brosse, peut-être se mit-il à fabriquer aussi des pinceaux ? Sa mère, fille d'un marchand de couleurs, s'essayait, dit-on, à la miniature ; elle aurait décoré, pour une échoppe du pont Notre-Dame, des couvercles de tabatières sur lesquels elle représentait des sainte Geneviève ou des Chaperon rouge. De cette union de la brosse et de la couleur naquirent deux peintres : V*** l'aîné, prénommé Nicolas; et, en 1690, notre V***, dit V*** le jeune, prénommé Baptiste.

Pas question, bien sûr, d'imaginer les frères V*** délaissant le commerce pour répondre à l'appel d'une vocation : des folies de cette espèce vous auraient mené droit à l'hôpital! À cette époque, on entre dans l'art comme on entre dans la boulangerie — par héritage ou voisinage. La boutique paternelle se trouve rue de l'Arbre-Sec, près du Louvre, dans le quartier des imagiers : il est probable qu'en dépit de leur origine modeste les deux garçons passent leur enfance au milieu des peintres. V*** le jeune eut d'ailleurs pour parrain un « adjoint à professeur » de l'Académie de peinture, spécialisé dans les *Descente de Croix*. Mais ce fut son aîné de dix ans, Nicolas, qui lui ouvrit la voie : admis gratuitement comme élève de l'Académie, ce garçon plein d'allant y collectionne les médailles; puis, comme les affaires du père tournent mal (on est venu saisir les balais, balayettes, plumeaux, et autres meubles de famille), il devient ouvrier dans l'atelier d'Hyacinthe Rigaud, portraitiste des généraux, des ambassadeurs, des cardinaux — et, quelquefois, des rois. Il peint les cordons rouges, les cordons bleus, les livres, les tabourets, les pieds de fauteuil — et, quelquefois, les couronnes.

Mais le portrait, même officiel, restait un genre mineur ; Nicolas brûlait de s'illustrer dans une discipline plus noble : la peinture d'histoire. Dès qu'il en a l'occasion, il passe chez Coypel. Coypel Père et Fils, une maison qui ne travaille que pour les cathédrales et les palais : plafonds, retables, frises et frontons. Installé si près des sommets — des toitures, en tout cas —, Nicolas se fait connaître de tout ce qu'il y a de haut placé. Il décroche le Grand Prix de l'Académie et part pour Rome comme pensionnaire. À peine a-t-il quitté Paris que son père, le marchand de brosses, meurt ruiné, précédant de peu dans la tombe sa femme, la miniaturiste pour tabatières, déjà paralysée depuis de longs mois.

À la mort de ses parents, Baptiste V*** n'avait que douze ans. Mais il avait tant vu dessiner sa mère et son grand frère, tant baguenaudé dans les ateliers et traîné chez les marchands d'estampes, tant regardé les Rubens du Luxembourg et les belles dames venues les admirer, qu'il possédait plus que des rudiments d'anatomie. À cette audace du trait, il ajoutait un toucher de pinceau très minutieux : il prétendit plus tard avoir, pendant plus d'une année, approvisionné en tabatières le boutiquier du pont Notre-Dame, qui ignorait la paralysie de sa façonnière.

Son parrain, l'homme des *Descente de Croix*, recueillit l'enfant. Il le fit prendre, pour le dessin, dans les classes de l'Académie où l'on faisait « poser le modèle » (le modèle nu), et, pour la peinture, il le mit dans son atelier et lui enseigna tout ce qu'il savait : l'art du linceul, du cadavre et du suaire. Il n'épargna ni son temps ni sa salive pour convaincre son filleul du charme des couleurs brunâtres, de la puissance du noir, de la séduction des blancs verdâtres. Peine perdue : Baptiste était docile ; mais plus il peignait les morts et les affligés, plus il aimait la vie et la gaîté.

À dix-sept ans, il persuada son parrain que, doué d'un talent modeste, il devrait limiter ses ambitions aux arts les moins relevés et se contenter d'être un bon portraitiste... Sur la réputation naissante de son frère aîné, il entra sans difficulté chez Largillierre qui avait obtenu l'exclusivité de la commande des échevins parisiens, notables qu'il traitait soit en groupe, soit au détail, rassemblait ou débitait, à la demande.

Largillierre ne tarde pas à remarquer que V*** le jeune a de la facilité. Il ne le cantonne pas « aux accessoires » ; très vite, il le promeut « aux animaux ». Des chiens, le plus souvent : le portrait d'apparat en fait alors une grande consommation. Baptiste devient le Raphaël du carlin, le Léonard du lévrier...

Quelquefois aussi, on lui confiait la finition des oiseaux : le royaume avait beau être sur son déclin — défaites, famines, et « pestes » variées —, les dames aimaient encore à se faire peindre, souriantes, avec leur valet nègre et leur perroquet, ou entourées de colombes et d'oiseaux bleus. À tout prendre, Baptiste préférait les colombes aux perroquets. Mais c'était « à tout prendre » ; car il n'avait pas de goût pour la gent emplumée. Non plus que pour les chiens, qu'il ne fréquentait, disait-il, « qu'en effigie » : dès cette époque, il tenait l'observation de la vie pour inutile à l'artiste — « il me suffit d'avoir vu tout cela en peinture »...

Néanmoins, pour les colombes, il s'appliqua. Alla jusqu'à en rencontrer. Dessina deux ou trois tourterelles « d'après nature ». Et même une pintade. C'est qu'il attendait avec une impatience croissante le retour de son grand frère : de Rome, où il semblait dépasser tous les espoirs mis en lui, Nicolas avait envoyé au Salon de Paris un *Triomphe d'Achille*, un *David et Goliath*, et deux *Bataille de Marathon.*

Dans le futur atelier de ce peintre d'histoire, V*** le jeune ne pensait pouvoir s'introduire qu'avec des ailes : la science des plumes n'est-elle pas bonne à tout — les anges, Mercure, le Saint-Esprit, la Victoire, le cygne de Léda, Cupidon, la Fortune, etc. ? D'où son étude soigneuse et *in vivo* des gallinacés... Au fond, Baptiste, quoi qu'il en ait dit à son parrain, n'avait pas plus envie d'être portraitiste qu'animalier, fresquiste ou miniaturiste : il n'aimait pas la peinture. Il aimait V*** l'aîné, lequel, après sept ans de séjour romain, prenait prétexte de la guerre pour différer sans cesse son retour.

V*** l'aîné... De quoi le cadet se souvenait-il ? Tout au plus d'une silhouette, haute, d'une voix, rauque, d'une main qui guidait la sienne quand il traçait ses premiers traits. Mais ce frère, il l'aimait de mémoire et l'admirait de confiance. V*** l'aîné, brillant élève que le petit avait fini par mythifier.

L'« aîné » ne revint jamais : en juillet 1710, il se noya dans le Tibre au cours d'une baignade improvisée par les plus jeunes pensionnaires d'État du palais Capranica. L'incident remua la corporation ; moins par ses conséquences tragiques que par ce qu'il révélait de laisser-aller dans l'éducation d'une jeunesse imprudente, toujours prête à se dissiper aux frais de la Couronne. Le vieux monarque se fâcha : « Ont-ils oublié qui est leur maître ? Me croient-ils déjà mort ? » Sur-le-champ, défense fut faite « à tous les pensionnaires de se baigner dans le Tibre sous peine de désobéissance au Roi ». Aux insolents survivants on supprima leur pension. Une affaire d'État...

Que ce pût être aussi une affaire de famille, nul n'y songea. Baptiste mit son chagrin dans sa poche et son mouchoir par-dessus. Du jour au lendemain, on ne l'appela plus que V*** tout court.

Il travailla : il fallait manger. Bientôt, il s'aperçut que le travail le consolait. S'il avait été vergetier, il aurait fabriqué deux fois plus de balais ; mais il était peintre : il fit deux fois moins de tableaux parce qu'il les fit mieux. Il voyait ses fautes, se reprenait, s'acharnait. Et, après des heures d'effort, comme par miracle tout s'animait : on aurait dit que ses épagneuls allaient japper, ses bichons, lécher la main qui les caressait.

Largillierre suivit le regard des bichons : il mit son apprenti « aux mains ». Celles, fines ou gracieusement potelées, des femmes et des enfants. La main était alors un des morceaux les plus délicats parce que les plus apparents, surtout dans le portrait « à l'anglaise », moyen terme économique entre le portrait en pied, un peu cher, et le portrait en buste, un peu court. Le patron du jeune V***, entre deux commandes échevinales, s'était fait une spécialité de ce format où les bras et les mains donnaient au corps son mouvement.

Baptiste apprit à peindre la main qui offre et la main qui prend, la main qui montre et la main qui cache, la main qui repousse et la main qui retient, la main qui pince, la main qui flatte, la main qui secourt, la main qui s'appuie, il fit les paumes ouvertes et les poings fermés, les doigts tendus, les doigts égarés, et toutes ces mains voltigeantes vinrent, à son commandement, se poser comme des colombes sur des lettres, des livres, des roses ou des agneaux : les mains lui obéissaient. Il était le maître des mains.

C'est un fait : Baptiste aimait mieux peindre des mains que de peindre des pieds — il gardait un triste souvenir de tous les pieds percés qu'il avait dû « finir » chez son parrain ! Certes aussi, il préférait le velours rouge des robes d'échevins au drap blanc des linceuls.

Mais il progressait si vite maintenant que le rouge, même le rouge, devenait trop étroit pour lui. Il avait envie de bleus tendres, de verts amande, et de jaunes surtout. Des jaunes éclatants... Sans compter qu'il en avait assez des fonds de tableaux sans échappée : toujours des colonnes ou des rideaux ! Il rêvait de fonds paysagers, où le regard du spectateur se perdrait dans des lointains bleutés, vaguement flamands, peut-être italiens...

Et puis il voulait « faire des yeux », donner la touche de vie à ces portraits qu'on lui demandait de commencer ou d'avancer sans lui permettre d'y poser le dernier coup de pinceau, celui que le maître se réservait : l'éclat d'une prunelle, le nacré d'une chair. Même sur les copies — ces copies d'atelier que les clients aisés commandaient par demi-douzaines quand le portrait leur avait plu et qu'ils souhaitaient le distribuer —, même sur ces copies le maître se garde le meilleur : cette lumière intérieure que Baptiste se croit capable, lui aussi, d'attraper. « Le regard, dirait-il plus tard, le regard, c'est la flèche de la cathédrale ». Chez Largillierre, il bâtissait des cathédrales décapitées.

Quand il le comprend, V*** a déjà vingt-cinq ans. Sans se croire « artiste », il se sait bon artisan. Habile, rapide, exact ; et d'un naturel joyeux, ce qui ne gâte rien quand on entre dans le commerce. En janvier 1715, admis dans la maîtrise, il décide de s'établir à son compte.

Au même moment, le siècle se dérobe sous les pieds du Grand Roi : des jeunes gens impatients tirent le tapis. La guerre est finie, on veut s'amuser. Le tableau de bataille rebute, la peinture religieuse assomme, les grands sujets, les grandes idées, ennuient les Français : place au « moi », place à l'intime, place au portrait ! De Troy, Raoux, Nattier, Rigaud lui-même sont débordés. Le vieux Roi meurt enfin, et, chez les dames, l'avènement du Régent précipite le courant : finies, les Minerve, finies, les Junon, vive Vénus !

On voudrait tout entreprendre, tout oser... Mais les personnes bien nées, si elles ont du goût pour les nudités, hésitent encore à afficher la leur.

Le jeune V*** trouva l'art de montrer ce qu'on tient caché sans choquer la décence : les dames de qualité n'avaient qu'à se faire représenter costumées. Pas en *Madeleine repentante*, évidemment ! Ni en *Sainte Élisabeth*... Costumées en « dévêtu » : une muse, une nymphe, une sultane, une allégorie. Il proposa du portrait déguisé, « mythologique » ou « oriental ». Toujours en moyen format — à la portée des bourgeois. Le succès fut immédiat. Madame de Séry, ancienne maîtresse du Régent, se fit peindre en Diane : le croissant, posé dans ses cheveux, et le carquois, dans sa main, autorisaient la légèreté de sa tunique... Derrière elle, Baptiste avait esquissé, pour se faire plaisir, un fond d'arbres roux et de forêt tourmentée. Du plaisir, il en avait aussi tiré beaucoup du ruban bleu qui entourait le carquois et d'une étoffe de soie jaune qui venait, tout en bas, dissimuler un peu la cuisse. Ces bonheurs pris à la marge, et comme dérobés, étaient tout ce qu'il s'autorisait; car, pour le reste, c'était au client que le portrait devait plaire. Il plut : on trouva l'ensemble « vif et piquant », et l'on admira (l'ex-favorite n'était plus si jeune) que le peintre sût flatter le modèle sans trahir la ressemblance. « On dirait que l'amour conduit son pinceau ! » s'écria une amie de la dame.

V*** s'était déjà assuré, par son procédé, la clientèle des dévergondées; désormais, les laides aussi voulurent être peintes par lui.

Tout se précipite : son nom est connu, les commandes affluent. Baptiste quitte la soupente qu'il occupait dans une maison vétuste de la rue Froidmanteau. Il a loué, derrière Saint-Roch, deux pièces à larges fenêtres, situées plein nord. Mais déjà les autres peintres s'emparent de son invention ; même Largillierre se met aux Diane, en leur ajoutant des capes en peau de panthère ! Et tandis que ses concurrents, avec leurs ateliers nombreux, fournissent à la demande, V***, qui travaille seul, doit imposer à sa clientèle des délais de plus en plus longs : faute d'appartenir à l'Académie, il ne peut trouver aucun élève de qualité. Avec ça, pas le droit d'exposer au Salon. Ni de se dire « peintre du Roi », un titre qui ne mène à rien, et sûrement pas à la Cour, mais rassure le chaland.

Il se résigne donc à refuser des commandes pour réaliser le « morceau de réception » que l'Académie impose alors à ceux qui veulent entrer dans sa hiérarchie. Et tant qu'à se présenter, notre homme n'y va pas sur la pointe des pieds : ajoutant à ses meilleurs portraits trois ou quatre tableaux bibliques de son fond d'atelier (une *Reine de Saba*, une *Suzanne au bain*, et une *Bethsabée*, au bain elle aussi), il ose être candidat dans la catégorie supérieure, celle des peintres d'histoire ! Signe, chez ce modeste, d'un optimisme déjà teinté de « pensée magique » : *Seigneur, je ne suis pas digne, mais dis seulement une parole...*

Avouons, en fait, que, pour le choix du sujet, Baptiste avait espéré de « Monsieur Coypel », directeur de la Compagnie et ancien maître de son frère Nicolas, un peu de compréhension. En souvenir du défunt... Mais peut-être Monsieur Coypel nourrissait-il quelque prévention à l'encontre des jeunes confrères aux succès déshabillés ? Toujours est-il que « le 6 avril 1718 le sieur Baptiste V***, Parisien, s'étant présenté aux membres assemblés de l'Académie royale, et ayant été agréé au vu des œuvres qu'il a montrées, il lui fut ordonné de faire pour sa réception un *Consummatum est* de douze pieds de haut »... Un *Consummatum est* ! Un Christ, et un Christ expirant encore ! Haut comme un retable ! Tout cela exigé d'un peintre pour dames, spécialiste du « portrait de cabinet » !

« Ah, ma mère, ma mère, disait Baptiste en repensant à la miniaturiste pour tabatières, que ces gens sont rabat-joie ! » « Au moins », confiait-il à Oudry, le futur peintre de chasses qu'il avait connu élève chez Largillierre, « au moins s'ils m'avaient demandé une *Assomption de la Vierge* avec ses bouquets d'ailes, ou une *Salomé devant Hérode* avec ses sept voiles... Mais une *Crucifixion* ! »

Il s'y mit, pourtant. Prépara un grand châssis. Acheta un escabeau. Et tâcha de se rappeler les leçons de son parrain. Mais tantôt son Christ en Croix, les yeux révulsés, la chair verte sous une lumière glauque, avait l'air d'un poisson qui a traîné sur le marché ; tantôt, le visage rose et les bras nerveux, il ressemblait à un lutteur grec qui gonfle ses biceps... Et ni le fond ni les ornements n'étaient meilleurs : fallait-il déposer, au pied de la croix, un crâne et des os ? Ou pouvait-on remplacer ces *memento mori* superflus, ces ossements redondants, par un saint Jean convenablement éploré ? Il essayait tout, il recouvrait tout, il grattait tout... et il recommençait.

Ce *Consummatum* lui prit deux ans et demi... Il est vrai qu'il fit en même temps quelques travaux alimentaires : des dessus-de-porte, des trompe-l'œil, des grisailles, et, pour un graveur, vingt planches de dessins d'après Mignard. Mais il perdait peu à peu le bénéfice de la nouveauté et l'espérance d'une clientèle régulière.

Enfin, le 15 décembre 1720 (il a trente ans), l'Académie, ayant trouvé sa composition « un peu confuse », le reçut, non comme peintre d'histoire, mais comme « peintre dans le talent particulier des figures modernes travesties ». Académicien certes, mais de second rang. Pas un professeur attitré. Ni un futur directeur.

V*** s'en moque : il a enfin pignon sur rue... Reste à retrouver de quoi faire tourner sa boutique ! Il repart de presque rien. Mais ce presque-rien porte un titre de « peintre du Roi » et d'académicien.

Il ne se maria que six ans plus tard. Il avait dû — non sans peine — regagner d'abord la faveur des laides, puis celle des belles, et, tant qu'il y était, s'attacher celle des messieurs. À eux aussi il avait essayé, pour recommencer, de proposer du portrait mythologique. Mais il fut le premier à juger ridicule son *Portrait du Comte de Beaupréau en Hercule assis* : enveloppé d'une peau de bête, les mollets à l'air, appuyé nonchalamment — mais des deux mains — sur sa massue, ce monsieur aux cheveux poudrés avait l'air d'une sotte figure d'Opéra !

Après cet essai malheureux, V*** résolut de s'en tenir, pour la noblesse de Cour, au portrait en armure — Mars, oui, Mars si l'on veut, mais coupé à la taille, la cuirasse et le casque ne faisant pas bon ménage avec les bas de soie et les talons rouges. Aux gentilshommes de province il proposerait leur portrait *en chasseur*, une option déjà courante chez les

Anglais : veste entrouverte, boutons d'argent, guêtres, fusil, épagneul, lapin, faisan — là-dessus, il se savait meilleur que toute l'Académie ! Quant à la noblesse de robe, il la ferait dans le goût « chat fourré » des échevins de Monsieur de Largillierre — hermine et velours cramoisi. Mais on ne peut pas dire que ces processions de rouges l'enthousiasmaient.

Il voulait du jaune. Et du bleu. Seul Van Dyck avait trouvé le moyen de peindre des hommes dans ces tons-là. Or, bien qu'il ne fût pas timide, Baptiste n'était pas sûr d'égaler Van Dyck... Alors, les femmes ? S'en tenir aux femmes ? Les femmes supportent tout — même le mauve — pourvu qu'on les rende belles !

Il peignit Mademoiselle de Villars *en Aurore* — du rose ; la marquise d'Étignières *en Source* — du bleu ; et Madame Pinoteau, femme du Premier Président de la Cour des Aides, *en Cérès* — du jaune partout, jusque dans sa chevelure brune tressée avec des épis de blé. Ces dames du monde qu'il « croquait », Baptiste ne les consommait pas. Existait-il, d'ailleurs, des femmes qu'il connût autrement qu'en effigie ? Alla-t-il parfois « sur le motif » ? Au bordel, ou chez les lavandières ? L'Histoire ne le dit pas. En tout cas, il tardait à se marier, même s'il sentait maintenant le besoin d'une épouse : ses élèves mettaient ses meubles sens dessus dessous...

Il peignit encore la comtesse d'Orcelles *en Matin d'été* — jaune paille et rose tendre ; Louise de Mailly-Nesle, *en Printemps* — jaune bouton-d'or sur ciel d'azur ; et le fils, âgé de cinq ans, du duc de Varèse, *en Moïse enfant apprenant à écrire* — robe safran devant un Nil bleu lavande. Et toujours des regards mouillés, très doux ou trop câlins, toujours aussi des fonds vaporeux, des aperçus sur de tendres jardins ou sur des chasses lointaines, des palais inachevés, des rivages, des îles.

Le train de ses commandes permet enfin à Baptiste d'emménager dans un appartement plus spacieux : quatre chambres, dont l'une, très vaste et éclairée par deux œils-de-bœuf, lui sert d'atelier. Cet appartement donne sur une petite rue qui, à l'époque, relie la rue Sainte-Anne à la rue de Richelieu : la rue du Hasard. Le hasard fait bien les choses : dans une maison d'angle de cette rue vit un mousquetaire du Roi retiré du service ; ce mousquetaire a une fille unique ; et la fille a seize ans... Le peintre et la demoiselle se rencontrèrent-ils dans la rue ? Vint-elle jusqu'à l'atelier ? Quelques historiens de l'art voient en elle l'original de cette mystérieuse *Jeune fille au manchon* peinte vers 1726 sans aucun emprunt à la mythologie. C'est en tout cas la même année que le contrat fut conclu avec le mousquetaire : la mariée apportait quelques espérances, des draps bien ourlés, deux glaces de Venise et un clavecin.

Ajoutons, précision qui ne pouvait être indifférente à l'artiste, que la très jeune Madame V*** était une rare beauté ; à l'inverse des petites Mailly, futures maîtresses du jeune Roi, cette femme-là n'avait besoin d'aucun peintre pour l'embellir... Ce fut elle, au contraire, qui embellit l'appartement, l'atelier, et la vie de son mari. Dans le désordre des trois, elle apporta un trait de lumière, un souffle frais. Éclaira les obscurités, souleva la poussière. Comme si l'on avait ouvert une porte.

Baptiste, qui avait toujours été un sédentaire, Baptiste, qui aimait la peinture bien léchée de Gerard Dou et les intérieurs flamands proprets, Baptiste, qui détestait les casseroles sales et les grumeaux dans la soupe, Baptiste, qui cirait ses bottes chaque matin et payait son loyer avant le terme, Baptiste, qui n'aurait rien haï davantage que de poser au

« peintre maudit » (posture heureusement plus tardive), Baptiste, enfin, retrouva dans cette vie de famille calme et réglée le vert paradis dont il avait été chassé dès sa dixième année. Avec en prime, et sans sortir de chez lui, les zéphyrs de l'amour et la brise des rêves... Bref, à trente-six ans, il redevint un enfant ; sa très jeune femme fut sa maman.

Elle rangea l'atelier : regroupés à droite, les épées, les casques dépareillés, et les plastrons d'acier qui servent à portraiturer ces messieurs de la noblesse ; à gauche, sur des étagères, les copies de bustes romains qui peuvent, au besoin, meubler un coin de tableau ; sur un présentoir, des fleurs, des livres, des éventails, des plumes, des rubans — tout ce qu'il faut d'« accessoires » pour permettre aux jeunes élèves d'apporter leur contribution aux portraits en cours ; contre le mur du fond, trois grands rideaux aux tissus et « tombés » variés, qu'on utilise pour les drapés ; dans les armoires, enfin, des portefeuilles contenant les séries gravées « d'après » les grands maîtres qu'admire le patron : beaucoup de Rubens, du Van Dyck, du Raphaël, un peu de Rembrandt.

Au milieu de la pièce, trois chevalets où travaillent en même temps le peintre et ses deux élèves les plus avancés : V*** passe d'une toile à l'autre. Posés le long des murs, d'autres tableaux attendent la touche finale. Ceux qu'on a suspendus — les répliques des meilleurs portraits de Baptiste et la *Bataille de Marathon* de V*** l'aîné — ne sont là que pour permettre aux débutants de se débarbouiller les yeux et de se faire la main. Dans une arrière-cuisine attenante à la grande pièce, un ouvrier prépare les couleurs et les palettes. « Vite ! Plus vite ! » On produit, on copie, on vernit : « Dépêchez, Germain ! Ne traîne pas, Thomas ! Avance, presse-toi, marche donc ! »

Et tout cela « roulait », comme l'atelier d'un ébéniste ou d'un luthier. La nuit, Sophie V*** passait, telle une bonne fée, pour remettre en place ce qui avait été dérangé. Le jour, elle charmait les oreilles du patron et de ses ouvriers avec les pièces de clavecin qu'elle répétait : elle avait installé son instrument dans la chambre la plus proche de l'atelier. On disait d'elle, dans le quartier, qu'elle avait un « joli toucher ». Ses auditeurs ignoraient qu'elle composait ; lorsqu'elle jouait un morceau de son invention, honteuse, elle faisait passer sa musique pour l'œuvre d'un autre. En feuilletant ses cahiers, son mari découvrit son secret : il ne la gronda pas ; il était plein d'indulgence pour les ouvrages de dames — puisque sa mère avait peint des tabatières...

Entre deux gavottes, Sophie recevait les visiteurs. Elle s'occupait des comptes, des clients, des amis, des valets. Il se peut qu'elle y ait pris plaisir. Au début, du moins : très affairée, elle « jouait à la madame », à la maîtresse de maison aguerrie qui a plus d'un tour dans son sac et d'une nappe dans ses armoires... Libéré des soucis d'intendance, Baptiste put travailler davantage. Sophie, peu à peu, délaissa son clavecin. À dix-huit ans, elle mit au monde leur premier enfant.

Ce jour-là, Baptiste se trouvait à Versailles : casanier ou pas, un peintre est bien obligé de voir le client deux ou trois fois avant de faire son portrait. Quand ce client vivait à la Cour, V*** se rendait sur place avec ses carnets de croquis et ses cartons à dessins : on convenait des dimensions de l'ouvrage, et de son prix ; ensuite, l'artiste proposait, études à l'appui, un choix d'attitudes et d'accessoires — un canevas, en somme, sur lequel il allait broder : « Si Madame la Duchesse souhaite être représentée "au naturel" avec ses deux enfants, nous pourrions l'asseoir dans un jardin et placer le plus jeune des enfants à sa droite ; il présenterait à Madame une corbeille de roses tandis que la fillette, un genou en terre, jouerait avec un barbet : c'est la disposition que nous avions adoptée pour Madame la Marquise de

Saint-Agnant... Mais nous pourrions aussi, si Madame la Duchesse l'aime mieux, représenter Madame la Duchesse debout dans un salon, poussant ses deux enfants vers une console où nous aurions mis le portrait de Monsieur le Duc » (le recours au « portrait dans le portrait », qui permettait d'évoquer avec élégance les absents et les défunts, était l'un des artifices favoris de Largillierre ; Baptiste avait beau trouver la ficelle un peu grosse, et la recette, usée, il l'emploierait aussi longtemps que la Cour, toujours en retard sur la Ville, continuerait à l'apprécier), « Mademoiselle tendrait le bras vers le portrait de Monsieur son père pour le désigner à Monsieur son frère. Ce serait tout à fait gracieux. Si Madame la Duchesse veut bien jeter un regard sur cette esquisse... »

Une fois la combinaison des éléments arrêtés, le peintre n'exigeait que trois heures de pose — un record, qui fit beaucoup pour son succès. Il sollicitait aussi la permission de passer une heure ou deux, quatre jours de suite, armé de son crayon et de ses carnets, dans l'appartement de Madame. Mais que Madame ne se soucie plus de lui, surtout ! Qu'elle cause avec ses amies, discute avec sa modiste, dicte ses lettres, reçoive son coiffeur, ou qu'elle fasse des nœuds ! Cinquante ans plus tôt, pour s'occuper les mains, les dames de la Cour, vraies odalisques de harem, faisaient encore de la tapisserie — au point de Saint-Cyr ; maintenant, pour tromper leur ennui, elles ne feignaient même plus d'être utiles : elles faisaient des nœuds, des nœuds tout bêtes, sur de longs fils de soie ou de brocart qu'elles tiraient de leurs poches, des nœuds à la queue leu leu, des nœuds coûteux, et quand elles avaient fini la pelote, elles jetaient le tout. « Faites des nœuds, Madame la Marquise, faites des nœuds, Madame la Comtesse », et pendant ce temps, à la sanguine ou à la pierre noire, Baptiste esquissait des silhouettes, des visages — de face, de trois quarts —, il saisissait un air de famille, des expressions, il guettait : « Même l'être le plus disgracieux a toujours un moment de grâce : c'est celui que j'attrape. » Des concurrents lui reprochaient de trop flatter ses modèles : « Leur moment de grâce, se défendait-il, rien d'autre ! » Et il est vrai que ses portraits restaient fidèles. Ressemblants, oui, mais « en mieux ».

À chaque commande de la Cour, V*** passait cinq ou six jours à Versailles. Pas davantage. Le moment de grâce saisi et fixé sur le papier, il reprenait la voiture de poste, son chapeau sur la tête, son carton sous le bras, discret, pressé, humble débitant de formes et de couleurs, inquiet dès qu'il s'éloignait de son édredon et de son pot-au-feu. Il revenait à la hâte, sans même savoir dans quelle tenue son modèle voudrait apparaître aux générations futures : s'il s'agissait d'une figuration allégorique, les peintres gardaient entière liberté pour les envolées de tuniques, bouillonnés de chlamydes, et autres frisonnements de chiffons ; et s'il s'agissait d'un portrait au naturel ou d'apparat, le client ferait porter quelques costumes à l'atelier, l'artiste s'en arrangerait.

Vestes brodées, robes de brocart, gilets de satin arrivent donc rue du Hasard : là, ils sont disposés sur de grands mannequins. Les uns, mannequin d'homme et mannequin de femme en osier, ressemblent à ceux qu'on voit chez les tailleurs : à la « dame », on accroche parfois, avant de lui passer les robes, une pièce d'estomac bien raide et des paniers. Les autres sont d'une espèce plus rare : marionnettes de taille humaine, entièrement articulées, on peut les coucher, les asseoir ou les agenouiller pour donner de la vie aux attitudes et du mouvement aux drapés.

Fut-ce en voyant, sur ces mannequins, des robes de Cour à faire pâlir Cendrillon que Sophie V*** se mit en tête d'être peinte, elle aussi ? Ou céda-t-elle à un accès de dépit ? Son mari, il est vrai, la délaissait pour se consacrer — dehors ou à l'atelier — à des inconnues tellement plus élégantes qu'elle ! Et ravissantes, par-dessus le marché ! Toutes superbes, à en juger par leurs portraits : silhouettes minces et gorges abondantes, teints « de roses », pied petit, œil mutin... et leurs mains, ah, leurs mains !

« Et moi ? demanda Sophie. Ne me peindrez-vous pas aussi ?

— Bien sûr, fit Baptiste, amusé. Mais il faudra me payer... En baisers. De toutes les monnaies : baisers chauds, baisers frais, baisers d'oiseau, baisers d'enfant, baisers d'amoureuse... »

Elle consentit une avance. Il accepta le principe d'un portrait en pied.

Tout de suite, il avait vu quel parti tirer de ces dimensions-là : à droite, il peindrait le clavecin vert et or de sa femme ; à gauche, un chevalet. Entre ces deux instruments familiers, comme installé entre deux arts, leur couple : elle, assise au clavecin, tournant les pages de son livre de musique ; lui, accoudé au dossier de la musicienne, la palette en main et le regard tourné vers le chevalet — sur lequel on distinguerait, laissé à l'état d'ébauche, le portrait de leur nouveau-né, une petite fille, Claudine.

Sophie discuta gravement les grandes lignes du projet qu'on lui soumettait, mais, comme la plupart des clientes de Baptiste, elle se souciait moins de la composition que du détail : « Et dans quelle robe me peindrez-vous ? Je voudrais la robe en taffetas bleu que vous a envoyée la marquise de Craon pour son portrait en *Nuit persane*...

— Et que dirait la marquise de Craon en vous voyant représentée dans sa robe ? Petite voleuse ! » Il riait.

« Quand même, Monsieur, vous n'allez pas me peindre en robe de toile ! Ou avec mon tablier !

— Non, certes. Pourtant, je ne vous mettrai ni taffetas, ni or, ni dentelles. Je vois une jupe toute simple, un corselet uni, mais du plus joli ton du monde ! Je vous peindrai, ma Sophie, dans la robe que les fées donnèrent à Peau d'âne : couleur de lune... »

Capturer la couleur fugitive des rêves qui s'effacent au matin, imaginer, éclairer, nuancer une couleur tissée par les fées, l'idée plut tellement à Baptiste qu'il se mit au travail sur-le-champ. Ou plutôt, il se mit à s'amuser. Car, pour lui, le travail, ce travail, auquel, en artisan scrupuleux, il donnait la première place, c'étaient les commandes toujours plus nombreuses et plus urgentes des courtisans : armure pour monsieur, mousseline pour madame, et chien pour tout le monde. Mais voilà que, par l'entremise de Sophie et de leur petite Claudine, la vie venait de lui passer commande aussi ! Il se crut, à quarante ans, assez maître de son art pour satisfaire cette double clientèle — et s'accorder en prime toutes les libertés.

« Couleur de lune »... Bien sûr, ce serait un jaune. Le jaune était son obsession. Il croyait qu'il y avait encore là-dedans quelque chose à trouver. D'ailleurs, s'il avait jamais eu, comme peintre, une ambition, c'était d'attacher son nom à un coloris qui ne serait qu'à lui : pourquoi, un jour, ne dirait-on pas le « jaune V*** » comme on parle du « vert Véronèse », du « roux Titien », ou du « bleu Nattier » ?

Bon, il savait que la lune n'est pas jaune. Blanche, peut-être ? Comme une perle, ou une pièce d'argent... Donc, grise. Un blanc cassé, et néanmoins irisé. La lune est une opale.

Une robe couleur d'opale ? Non, si le conteur avait voulu parler d'une robe opaline — comme celle que Baptiste avait inventée pour la petite sénéchale de Bridiers —, il l'aurait dit. En écrivant « couleur de lune », Charles Perrault avait voulu enfermer, dans un seul mot et une seule étoffe, magique, toutes les lunes possibles : la pleine lune blanche et le croissant d'or, l'astre roux des étés et la lune bleue des hivers. Ces lunes immobiles et changeantes, Baptiste — qui, pourtant, n'observait pas la nature et ne regardait que la peinture — les avait vues briller au-dessus de la rue de l'Arbre-Sec, de la rue Froidmanteau, de la rue du Hasard, et, maintenant, il s'en souvenait comme il se rappelait les contes de sa mère. Il lui fallait du blanc, du rouge, du jaune, du bleu, du noir, et tout cela, au bout de son pinceau, donnerait un ton de soufre très pâle, très doux, très froid. « Couleur de lune »...

Pressé d'en venir à la robe, V*** expédie ses études d'ensemble : les visages, au crayon noir, y sont réduits à un ovale barré d'une croix; les coiffures ne sont indiquées que par quelques traits légers, les costumes, par des traits plus appuyés, parfois estompés du bout du doigt ou rehaussés à la craie blanche; sur deux des études, figurent aussi le dossier du fauteuil et le clavecin à double clavier; du chevalet, on ne voit que les montants; rien du visage du bébé. Les mains de la claveciniste, en revanche, sont reprises trois ou quatre fois, en « gros plan », dans les marges du dessin central. L'une des études porte — pour mémoire ? — quelques indications de couleur en grosses lettres, grâce auxquelles nous pouvons savoir que le costume endossé par l'artiste dans la première version du tableau était violet.

Ces cinq études un peu bâclées se sont vendues chez Sotheby's, il y a quelques années, à un prix que n'atteindrait aucune des petites marquises bien « finies » peintes, à la même époque, par Baptiste V***. Non, d'ailleurs, que le *Portrait de famille* de V*** soit placé plus haut dans l'estime générale que ses portraits de Cour : il dort dans les réserves d'un musée national... Mais voilà : ces études sont des études ; hâtives, qui plus est (« fulgurantes », disent les catalogues de ventes) ; et notre siècle n'aime rien tant que le brut, le fragmentaire, l'inachevé.

Baptiste, porté par le plaisir de peindre en liberté, avança vite, il est vrai : sans doute ne fit-il même pas suivre ses dessins d'une esquisse à l'huile. Il ne rechercha pas, au préalable, le rapport des couleurs, ni le contraste des ombres et de la lumière. Il passa tout de suite à l'exécution, commença le tableau par Sophie, et Sophie par sa robe. Pour obtenir son effet de jaune, il renonça, ou crut renoncer, à la fluidité. Osa juxtaposer : sur un fond de moire gris perle, des touches couleur de miel posées dans le creux des plis ; de haut en bas du corselet plat, tendu par le busc, des traits de couleur paille appliqués d'un pinceau large et sec ; çà et là, dans les ondulations de la jupe, des pointes d'or... Et encore du jaune, du blanc, un peu de noir. Non, il n'y était pas : plus jaune le jaune, plus noir le blanc !

Après deux ou trois jours d'une exaltation aussi proche de la folie que très éloignée de son caractère, il retrouva enfin son bon sens et fit ce que lui conseillait l'expérience : mettre le tableau face contre le mur et l'oublier un moment. Ne plus le voir pour mieux le voir. Un mois plus tard, alors qu'il peint un prince russe *en chasseur*, il jette brusquement sa palette, traverse tout l'atelier, ouvre à deux battants la porte qui le sépare de la chambre « au clavecin », et, s'éloignant plus encore, recule jusqu'au fond de l'appartement — le recul, c'est ce qu'il ne pouvait guère s'autoriser avec ses portraits de cabinet qui, dans des pièces étroites, devaient être admirés de près. Mais là, avec ce grand tableau... « Allez-y, mes enfants ! Retournez le morceau ! » crie-t-il à ses élèves. Il y eut un silence. Deux élèves soulevèrent la toile à bout de bras. Alors, il regarda la robe ; et, comme Dieu au premier jour de la Création, « il vit que cela était bon »...

Sans attendre, il ébaucha le clavecin pour y placer les mains, les « mains de la robe », cette robe qui n'avait toujours pas de visage. Il avait disposé la manche gauche de telle sorte que la main qui la prolongeait pût tourner la page de musique. Avec toute la science acquise en vingt-cinq ans de mains, il fit le pouce et l'index gauches, plaça le papier entre les deux ; puis il recula et, comme Dieu au deuxième jour, il vit que cela n'était « pas mauvais du tout »...

Il commença à peindre l'autre main. « Et moi ? demanda Sophie. Moi, quand donc me peindrez-vous ?

— Mais je vous peins ! fit-il surpris.

— En aucune façon ! Vous peignez une robe qui n'existe pas ! Quant aux mains, elles sont admirables, mais ce ne sont pas les miennes.

— En tout cas, c'est votre clavecin !

— Parlons-en, de mon clavecin ! Vous ne m'écoutez plus, Baptiste, quand j'y touche...

— Mais si !

— Non ! Vous m'entendez, mais vous ne m'écoutez plus... »

C'était leur première dispute : elle se sentait fatiguée, allait accoucher de leur deuxième enfant, et craignait les accouchements. En outre, la petite Claudine, chez sa nourrice à Passy, ne « profitait » pas ; cette pauvre enfant pouvait mourir demain, son père n'aurait même pas fixé les traits de son visage ! Tout en prétendant, n'est-ce pas, vouloir la représenter dans un coin de son *Portrait de famille*... « Comment la peindrez-vous puisque vous ne la voyez pas ?

— Je l'ai vue, Sophie, je l'ai vue quelquefois. Je la ferai de mémoire... D'ailleurs, un nourrisson est un nourrisson ! »

Leur première dispute. Lui aussi était d'assez mauvaise humeur, il retourna sans regret au *Portrait du Prince Galitzine en chasseur*. Elle se mit à son clavecin et joua, pour elle seule, *Le Tombeau de Monsieur de Chambonnières*. Elle savait que son mari préférait les pièces modernes — Rameau, la joie facile, flatteuse, de Rameau, ses gigues, ses courantes, ses rigaudons, l'imitation enjouée de la « musette » ou du « tambourin »... Mais elle choisit, exprès, des passacailles bien lentes, des pavanes bien tristes, et fit trois quarts d'heure de variations sur *Le Tombeau de Monsieur de Chambonnières.*

V*** alla deux fois voir sa fille à Passy : il en revint avec quantité de croquis. Ravi aussi d'avoir découvert que la petite avait les cheveux roux. Très bel effet prévisible pour l'ébauche qu'il entendait placer sur un chevalet à la gauche du tableau. Bien sûr, ce serait encore un « portrait dans le portrait »... Ma foi, tant pis ! Enchanté de se trouver libre, il n'allait pas s'inventer des contraintes — surtout celle de ne ressembler à personne ! Baptiste n'avait jamais voulu être original. « Original », « nouveau », à cette époque on ne l'était que par hasard, sans y penser. Comme V*** à ses débuts, avec le portrait travesti. Qui, aussitôt, fut imité : c'est le destin des nouveautés... Au diable, les nouveautés ! Ne suffisait-il pas d'être le meilleur dans sa partie ?

Du reste, quand il contemplait l'œuvre des autres, il n'aimait pas être surpris : il voulait être séduit...

Sophie mit au monde un fils, Jean-Nicolas. Le choix du prénom montrait déjà ce que le père attendait de son rejeton : qu'il fût peintre d'histoire et Grand Prix de l'Académie. Il fallait donner une descendance à V*** l'aîné,

V*** le grand... Oudry fut le parrain de l'enfant. Ils banquetèrent gaiement. Sophie, réconciliée, ne fut pas la dernière à lever son verre : elle était si contente que son mari lui eût permis de garder la nourrice de Jean-Nicolas à la maison !

Louis Prades, le meilleur élève de V***, participa souvent à ces agapes familiales dont il nous a laissé, dans son *Mémoire pour servir à la Vie de quelques fameux peintres*, divers récits. Oudry plaisantait V*** sur sa trop belle clientèle : « N'oublie pas ce que nous répétait notre ancien maître : “Les ducs payent mal. Ils n'ont pas un sou vaillant. La sagesse, dans le portrait, c'est de s'en tenir aux boutiquiers !”

— Bah... Il t'a bien dit, à toi, que tu ne serais jamais qu'un peintre de chiens !

— Et c'est ce que je suis ! Bien que capable, à l'occasion, d'y ajouter une perdrix, et même un cheval... »

Avec ses peintures de chasse, ses décors pour salle à manger, Oudry, qui avait pris la succession de Desportes, commençait à faire fortune. Rien, cependant, qui approchât encore de celle qu'avait réussi à bâtir leur maître, Largillierre, en soixante-dix ans de carrière : l'hôtel que le grand portraitiste avait fait construire près de la rue Beaubourg éblouissait Baptiste par son faste. Une partie du bâtiment était consacrée à la réception et au « traitement » de la clientèle : des pièces d'exposition, des ateliers, des bureaux. L'autre partie restait réservée à l'habitation privée — et quelle habitation ! Consoles de marbre, cabinets d'ébène, girandoles dorées, tentures cramoisies... Le vieux peintre, toujours « en activité », y semblait déjà au Paradis, douillettement installé dans sa peinture pour l'éternité. Si Baptiste avait été plus avide — mais c'était le dernier de ses défauts ! —, il aurait trouvé, en comparaison, son propre logement bien modeste et bien étroit. D'autant plus étroit que sa famille s'agrandissait : on avait repris Claudine, enfin sortie de nourrice, et Sophie venait d'accoucher d'une autre petite fille, Marie-Charlotte.

V*** parvint à louer trois pièces à l'étage au-dessous, pour y mettre les servantes, les nourrices, les enfants, les chiens, les chats, et Sophie. Elle ne montait plus à l'atelier que pour aider à enfiler les robes sur les mannequins et tenir les comptes : comme tous les artisans, V*** avait beaucoup d'argent « dehors » ; il se démenait pour obtenir le règlement de ses créances ; Sophie tournait avec grâce des lettres de relance timides, qui, chez les grands seigneurs, finissaient en papillotes. Parfois, quand elle était lasse des chiffres, la jeune femme ouvrait son clavecin et jouait du Couperin. Quelques pièces. Toujours les mêmes.

Claudine mourut. Elle avait quatre ans. C'était d'autant plus regrettable que, dans le coin gauche du grand tableau familial, son père venait juste de terminer son portrait, volontairement présenté à l'état d'ébauche et posé sur un chevalet. Le rendu des boucles rousses de l'enfant était magnifique, et le mouvement rond du petit corps, brossé à touches rapides, digne d'un grand peintre. Enfin, d'un « bon » peintre : Baptiste ne voulait pas s'exagérer ses mérites. Mais il était content.

De plus, en la peignant, il s'était attaché à sa fille. Non qu'il l'eût vue davantage : elle vivait dans l'autre appartement, presque toujours malade, souvent couchée. Ce qui ne le dérangeait pas : il travaillait d'après les croquis dessinés chez la nourrice trois ans plus tôt. C'était même un avantage : dans la composition initiale, Sophie et lui n'avaient-ils pas prévu de faire figurer une enfant de dix-huit mois? Un avantage, oui! Et voilà qu'aujourd'hui Claudine, ce nourrisson... morte? Vraiment?

Il eut du chagrin, moins que sa femme, mais il en eut. De nouveau, il retourna le *Portrait de famille* contre le mur de l'atelier.

Face au mur : décidément, c'était la place attitrée de ce tableau-là ! Baptiste craignait qu'il ne fût jamais achevé. D'autant que Sophie souhaitait y trouver aussi une place pour Jean-Nicolas et Marie-Charlotte, et que le malheureux père ne voyait pas comment la satisfaire. À moins de changer toute la composition... Candide, la jeune femme avait suggéré — c'était avant la mort de Claudine — de poser Marie-Charlotte par terre, à ses pieds, la menotte accrochée à sa jupe ; quant à Jean-Nicolas, pourquoi ne le tiendrait-elle pas sur ses genoux, comme pour lui apprendre la musique ? On la verrait guider la main de l'enfant sur le clavier. Ce serait si simple ! Et naturel, puisque le petit aimait déjà le son du clavecin et venait souvent, fasciné, caresser les touches du bout du doigt.

« Naturel » ? Il fut surpris qu'une femme qui partageait sa vie depuis six ans, rangeait tous les soirs son atelier, soupait chaque semaine avec son ami Oudry, pût parler de « naturel » ! Où voyait-elle du « naturel » dans l'art ? Il repensa à l'algarade qu'il avait eue quelques jours plus tôt avec son pire élève. Un âne rétif ! Pas le moindre talent pour les figures humaines ! Incapable, ce butor, d'exprimer la dynamique des formes animées, la manière dont elles s'écoulent l'une dans l'autre, de reproduire cette danse folle qui entraîne les êtres vivants, les décolle de la toile, les fait sortir du cadre... « D'ordinaire, écrit Louis Prades qui rapporte la scène survenue entre le maître et l'élève, Monsieur V*** n'était pas méchant. Mais comme il était toujours joyeux et souvent pressé, il lui arrivait de railler avec un peu de cruauté. » Ce jour-là, en se penchant sur les dessins que le « mauvais élève » venait de tirer du *Portrait de Mademoiselle Lecouvreur, comédienne, en Roxane*, il ne put retenir sa langue : « Tel que je te vois parti, tu ne seras bon qu'à représenter des tranches de cervelas !

— Eh bien, tant mieux ! répond le jeune homme avec fureur. Je déteste le convenu et l'artifice ! Je hais vos femmes apprêtées ! Vous me condamnez au cervelas, aux paniers de fruits, aux gobelets d'étain ? Tant mieux, vous dis-je, car il y a cent fois plus de naturel et de vérité dans un seul gobelet d'étain que dans tous vos portraits ! »

« Nous crûmes, rapporte Louis Prades dans son *Mémoire*, que Monsieur V*** allait frotter les oreilles de cet insolent. Mais il resta maître de son émotion et, pour notre enseignement, répondit au malotru d'une voix très douce, qui ne s'enfla qu'à mesure que le sujet l'échauffait. »

En réalité, V*** n'est pas resté si calme, ce jour-là, que Prades nous l'assure. Au contraire, il bout de colère : chaque fois qu'ils n'ont pas de talent, ces barbouilleurs se croient du génie ! Et les jeunes gens deviennent d'une impatience, d'une impertinence ! « Alors, dit-il, tu les trouves vraies, les "cuisines" ! Vraies, les "compositions muettes" ? Naturelles, les "natures brutes", les "vanités", les "gibiers inanimés" ? Mais, pauvre aveugle, ne vois-tu pas que rien n'est plus artificiel, plus concerté, que la peinture d'objets ? Dois-je t'ôter les écailles des yeux ? Te décrire ces tableaux dont tu admires la "vérité" ? Allons-y : trois oignons rencontrent, sur une nappe de velours, une poire entamée ; laquelle, par hasard, cheminait avec un lièvre mort et une huître ouverte ; qui ne se savaient pas serrés de si près par une aiguière d'argent et un verre à pied... "Naturel", en effet : il n'y manque qu'un jeu de cartes ou un violon ! Et quelquefois, ils n'y manquent pas ! "Vérité" ? Imbécile ! "Nature" ? Imbécile ! Sais-tu quelle est la différence, pour un peintre, entre une princesse et un cervelas ? C'est que le cervelas ne se plaindra pas ! Alors, comme tu ne sais rien faire de tes dix doigts, tu as bien choisi : va, mon ami, va travailler pour les cervelas ! » et il l'a jeté dehors avec sa brosse et ses cartons.

Oui, s'il n'avait pas tant aimé Sophie, il aurait trouvé les mots qu'elle employait si maladroits qu'ils disqualifiaient toute suggestion venant d'elle en matière de composition : « simple », « naturel » !... Mais il l'aimait. En outre, il savait bien pourquoi, dans leur portrait de famille, il n'avait aucune envie d'asseoir Jean-Nicolas sur les genoux de sa mère, ni d'installer la petite Marie-Charlotte à ses pieds. Or, c'était un motif inavouable : une raison de peintre, pas une raison de père — il répugnait à masquer la robe « couleur de lune » qui se déployait, somptueuse, à la droite du tableau...

Peu importe, du reste, puisque la mort de Claudine change tout. Elle l'oblige à retravailler la partie gauche de son tableau. En revanche, la disparition de cette pauvre petite libère une place : sur le chevalet. S'il ne sait toujours pas où mettre Jean-Nicolas, il pourra au moins substituer Marie-Charlotte à sa sœur.

Il attendit six mois après la mort de l'enfant pour proposer cette substitution à sa femme : de nouveau enceinte (elle était souvent montée à l'étage de l'atelier pour se faire consoler), elle semblait enfin remise de ce premier deuil. Mais en l'entendant évoquer ce qu'il envisageait, elle poussa des cris : effacer Claudine, il n'y songeait pas ! Et Marie-Charlotte ? Voulait-il porter malheur à Marie-

Charlotte en la peignant à l'endroit même où la Mort avait touché sa sœur? « Voyons, Sophie, la Mort n'est pas venue chercher Claudine au fond de mon tableau! Restez raisonnable... » Mais il ne discuta pas davantage : pour un portraitiste, les caprices du client sont des ordres.

Il se borna à terminer, derrière la chaise de la claveciniste, son autoportrait. Il se regardait dans la grande glace de Venise accrochée au mur de l'atelier entre *La Bataille de Marathon* et *Le Portrait de Mademoiselle Lecouvreur*, et il se « croquait » en même temps. Comme il avait décidé de se montrer de face, l'exercice était plus difficile que s'il était apparu de trois quarts; mais il trouva très amusante l'étude de soi : en reportant son visage sur la toile, il riait sous cape — et ses élèves, parfois, riaient aux larmes car il ne s'embellissait pas. Ils durent l'empêcher de donner dans la caricature : « Mais non, Monsieur, protestaient les gamins, vous n'avez pas le nez si court! Pas le menton si lourd! » Par contre, il ne se peignit pas dans la vieille robe de chambre qu'il revêtait pour travailler; il s'habilla d'une longue perruque brune — sans poudre — et de son plus beau costume, celui qu'il mettait pour rendre visite à ses modèles. C'était un costume de velours bleu, rebrodé d'argent aux manches;

il le tira vers le violet et convertit l'argent en or pour accentuer le contraste avec la robe de lune. Dès que ce costume fut sec, il mit le tableau dans une caisse car la famille déménageait.

Oudry, nommé directeur de la Manufacture de Beauvais — à laquelle il fournissait, depuis longtemps, des cartons de tapisserie —, avait proposé à V*** son appartement du quai de la Mégisserie, qu'il quittait : le Roi venait de lui attribuer un logement au Louvre, plusieurs salles aux Tuileries, et une belle demeure dans le Beauvaisis. Quai de la Mégisserie, l'atelier était plus grand que rue du Hasard, les chambres, plus nombreuses, et tout se trouvait de plain-pied, au premier étage d'une maison calme, qui tournait le dos au Pont-au-Change et au vacarme des marchands de ferrailles et des débardeurs : une occasion à ne pas manquer.

Il y eut donc des caisses, de la paille, des charrettes... et de la casse. Quand tout fut terminé, le clavecin était installé au plus loin de l'atelier, dans la dernière chambre, celle de Sophie. Là où les odeurs d'huile et de vernis ne se mêlaient pas, dès le matin, à celles des lardons frits et du bœuf braisé... On avait à peine eu le temps de raccrocher les rideaux que, déjà, la jeune femme accouchait : avant terme, et de jumeaux ! On baptisa l'un Pierre, l'autre Pauline. Leurs noms n'avaient d'ailleurs aucune importance car les médecins assuraient qu'ils ne survivraient pas.

Baptiste respectait les médecins, avec la même bonne volonté qu'il respectait toutes les autorités. Sophie ne respectait rien quand il s'agissait de ses enfants : elle mit les deux petits dans des caissettes fourrées de charpie, décousit ses manchons pour leur faire des couvertures, entretint dans leur chambre un feu d'enfer, et poussa l'abnégation jusqu'à les allaiter elle-même.

Elle les sauva. En apparence. Car les médecins, contrariés, n'en démordaient pas : ils mourraient. « Oui, plaisantait Sophie. Tôt ou tard. Comme nous tous. »

Pour V***, c'étaient deux bouches de plus à nourrir. C'étaient surtout, alors qu'il était submergé de commandes, deux nouveaux personnages à introduire dans un portrait qui ne cessait de changer : il y avait maintenant, sur ce tableau, une figure en trop (Claudine, morte), mais il en manquait quatre — Jean-Nicolas, Marie-Charlotte, Pierre et Pauline. Baptiste se dit qu'il n'en finirait jamais : la vie le pressait de partout, elle débordait du cadre...

En juillet, quand les jumeaux eurent six mois, Sophie profita d'un long séjour à Paris de « ce bon Oudry » pour l'inviter à déjeuner en joyeuse compagnie : autour de l'illustre directeur de la Manufacture, elle convia son propre père, le mousquetaire, toujours en vie ; les deux plus anciens élèves de son mari (dont Louis Prades, qui dirigeait l'atelier quand le maître s'absentait) ; les jeunes maîtresses de ces vieux élèves (Madame V*** n'était pas bégueule) ; Chastellain, un peintre de marines devenu inspecteur à la manufacture des Gobelins ; Marianne, sa propre sœur de lait, qu'elle aimait comme une cousine ; un rentier provençal très affable, qui logeait à l'étage au-dessus ; et tous les enfants — à commencer par les jumeaux qu'on fit siéger dans leur berceau : ils n'avaient qu'un berceau pour deux, et c'était presque trop car ils ne l'occupaient pas en entier.

On mangea quantité de rôtis, volailles et pâtés. On but du vin blanc, du rouge, et même du champagne. On trinqua, on chanta. Jean-Nicolas s'endormit sur les genoux de sa mère, Marie-Charlotte sur ceux de son grand-père.

Soudain, à la fin du repas, en regardant la nappe froissée, les miettes de pain, les os de poulets, et les taches de vin, V*** s'écrie : « Voilà une bambochade, ou je ne m'y connais pas ! Oudry, te sens-tu capable là, tout de suite, de nous brosser cette cohue d'assiettes sales ? »

En peinture on appelait alors « bambochade » les scènes de foire, noces de village, intérieurs d'auberge, carnavals, vues d'écuries, pastorales, marchands de marrons, lapins écorchés, tabagies, arrière-cuisines, étals de poissons, savetiers, bassinoires, chats voleurs, et vieux mendiants — tout cela, bien sûr, dans le « goût flamand ».

Oudry, qui avait autrefois illustré *Le Roman comique* de Scarron où l'on vidait force pots de chambre, relève aussitôt le gant. Mais il met Baptiste, portraitiste de Cour, au défi d'en faire autant : « Quand on joue de la flûte, réplique V***, on peut toujours jouer du tambour ! »

Prades court chercher dans l'atelier deux petites toiles, des pinceaux, il prépare des palettes très grasses ; et on désigne Chastellain, l'inspecteur des Gobelins, pour arbitrer la partie. Chacun des peintres se met à un bout de la salle. Une servante emmène les enfants, Marianne sort au bras du rentier, le tournoi commence. Interrompu seulement par les

« santés » que se portent les trois peintres et les deux élèves, assez éméchés.

Oudry, d'habitude si méticuleux, se lance joyeusement dans le « fa presto » : en quelques heures, il ébauche une bambochade complète — une table drapée, un gigot entamé, des bouteilles vides, deux hommes qui choquent leurs verres, une servante en bonnet, un chat entre les plats, un chien sous la nappe. V***, lui, n'a représenté que le champ de bataille — après la bataille et sans survivant : sur une nappe douteuse, un couteau d'argent, un verre brisé, une tranche de pain, trois grains de raisin. Pas un jaune, ni un rouge. Pas même un brun ; rien que des blancs : blanc blanc, blanc gris, blanc rouillé, blanc verdi, blanc sali.

Comme on pouvait s'y attendre, Chastellain refuse de départager les deux amis qui, enchantés de leurs talents respectifs, échangent leurs toiles. L'ébauche d'Oudry — que Baptiste, tombé dans la pauvreté, vendit en même temps que des dessins de Largillierre — nous est connue. Mais la nature morte (l'unique nature morte ?) de V*** semble perdue. Louis Prades, dans son *Mémoire*, prétend qu'elle égalait, par sa puissance, « les premières que Snyders avait données au public flamand », et qu'il lui paraissait que « Monsieur V*** avait voulu reprendre, pour lui-même, et longtemps après, la discussion sur le cervelas ». Se prouver, en quelque sorte, qu'il était en droit de ne pas s'ébahir devant une botte de carottes sur l'étal d'un autre puisqu'il ne tenaït qu'à lui d'en proposer autant à ses clients. Du reste, en trinquant une dernière fois, il dit avec un gros rire : « Eh bien, quand les grands de ce monde ne voudront plus se regarder dans mes miroirs, je peindrai des enseignes de charcutier ! » Mais, un moment plus tard, il se reprit : « Vois-tu, Oudry, plus j'avance en âge, plus il me semble que la peinture doit s'écarter de la sculpture : avec mes pinceaux, j'aimerais faire de la musique... »

Sophie, qui commençait à être fatiguée de la bamboche, prit le mot au pied de la lettre et répliqua d'un ton plus aigre que doux : « De la musique, mon pauvre ami ? Mais vous n'y connaissez rien ! »

La nuit tombait. On n'avait plus faim. Baptiste et Sophie allèrent ensemble se coucher. « Tout de même, soupira Sophie, quand je vois comme vous pouvez couvrir une toile en six heures, je devrais être bien fâchée que vous n'ayez pu achever notre grand portrait !

— Ma mie, je finirai votre portrait quand vous aurez fini ma famille... »

C'était galant. Et imprudent, car Sophie n'avait que vingt-cinq ans.

En décembre, l'un des jumeaux, Pierre, mourut. La servante le trouva, un matin, bleu et glacé dans le berceau qu'il partageait avec Pauline. Les médecins supposèrent — non, ces gens-là ne supposent pas, ils affirment —, les médecins assurèrent donc que Pauline, la plus robuste des deux, avait étouffé son frère dans son sommeil. Sophie s'en voulut : elle n'aurait pas dû laisser les deux petits — si chétifs, pourtant — dormir dans le même lit. Malgré elle, elle en voulut aussi à Pauline, et son lait se tarit. On confia la survivante à une nourrice.

V***, cette fois, ne se fit pas gronder : il avait, à deux ou trois reprises, crayonné le profil des jumeaux couchés face à face dans leur lit, comme emboîtés l'un dans l'autre. Le petit mort avait laissé sa trace, même légère, dans son œuvre. Il pourrait reporter sa pauvre figure sur le *Portrait de famille.* Il suffisait d'imaginer une composition nouvelle.

Pour Claudine, déjà, il lui était venu une idée : il allait remplacer l'ébauche de la fillette aux boucles rousses par un portrait achevé, suspendu au mur dans un cadre ovale ; supprimer, du même coup, le chevalet devenu inutile ; et lui substituer un meuble bas autour duquel les autres enfants, serrés les uns contre les autres, se trouveraient rassemblés. Il comptait leur mettre des pinceaux dans les mains (il fallait bien justifier le fait que, pour sa part, il apparaissait avec sa palette). À la mort de Pierre, son projet se précisa : le meuble bas aurait l'inclinaison d'un pupitre ; on apercevrait dessus — dans un effet de perspective délicat — un croquis à la sanguine où l'on devinerait le visage de Pierrot ; les enfants auraient l'air de vouloir apporter leur touche à ce croquis — Jean-Nicolas brandirait un pinceau trempé d'or, et l'on verrait une marque dorée sur le bonnet du plus petit... L'enchaînement des figures était la pierre de touche du portrait collectif : V*** fut content de lui. Il espérait que Sophie le serait aussi.

Pour la distraire de son dernier chagrin, et la sortir du *Tombeau de Monsieur de Chambonnières* dont les notes lui parvenaient parfois jusqu'à l'atelier à travers les portes fermées, il la fit poser. Il termina son visage, qui depuis sept ans n'était qu'ébauché : il la trouva plus pâle qu'autrefois, plus amaigrie aussi qu'il n'imaginait. Elle restait belle, pourtant. Mais d'une beauté sévère, presque amère. Il tira cette beauté vers la douceur en poudrant « à frimas » ses cheveux blond foncé.

Il peignit ensuite leurs enfants morts :

Claudine aux cheveux rouges ressortit très bien sur le mur du fond ; quant à Pierre « au bonnet », le dessin qui le représentait à la sanguine, en raccourci sur un plan incliné, était digne d'une étude académique ; un exercice à donner en exemple aux écoliers ! Et tant pis pour ces messieurs de l'Académie royale qui n'avaient pas accepté Baptiste comme professeur !

Il n'eût sans doute pas poussé son grand portrait plus loin — car il lui fallait, aussi, gagner de l'argent — si son beau-père, le mousquetaire, n'était passé, en un quart d'heure, de vie à trépas. Il laissait à sa fille unique un petit héritage : des rentes, de l'argenterie, des meubles ; cet héritage, liquidé, fournit au peintre de quoi souffler.

Il peignit donc Marie-Charlotte, penchée sur le « Pierre au bonnet », sa main droite fermée sur une poignée de pinceaux. Il l'imagina dans un jaune très chaud, presque automnal, qui équilibrait bien la robe jaune argent, plus froide, de sa mère ; Marie-Charlotte et Sophie, placées en pendants de part et d'autre du costume violet du chef de famille, annonçaient, l'une, le virage vers le vert sombre du clavecin, l'autre, l'entrée dans le rouge flamboyant de la fratrie triomphante. Il prit plaisir aussi, en mignotant le visage de Marie-Charlotte, à accentuer la ressemblance de traits, déjà frappante, entre la mère et la fille.

Il pensait « la fille » comme si Sophie n'en avait qu'une; et, de cœur, en effet, elle n'en avait qu'une : Pauline, elle ne la voyait plus. Était-ce par crainte? Ou par rancune? La petite, si fragile, et qui marchait si mal, se traînait de pièce en pièce comme une âme en peine. Transparente. Transparente, et pourtant sans cesse houspillée par les servantes : « Ôte-toi de mes jambes », « Encore toi! », « Vilaine! », « Méchante »... On avait renvoyé la nourrice; on lui donnait des bouillies, qu'elle vomissait. « Cochonne! Méchante! »

Un jour, en traversant une chambre aux volets fermés, Baptiste entend Jean-Nicolas parler au mur : « Toi, sale bête, tu as tué ton frère! » Il croit le voir donner un coup de pied — au chat? Il s'approche, et aperçoit, dans l'ombre du mur, Pauline couchée à terre. Il la ramasse, l'emporte dans son atelier...

Dorénavant, chaque fois qu'il y songeait, il emmenait l'enfant avec lui, à l'atelier. Il l'installait sur une chaise basse. Elle y restait immobile, très sage pour une si petite fille. Ce qui valait mieux, sans doute : quand elle marchait elle tombait, disaient les servantes, et elle se cognait partout; sa peau fine semblait parfois aussi bleue que le cadavre de son frère. Mais à l'atelier, assise sur son banc, elle ne bougeait pas, tout occupée à jouer avec ses doigts ou à tirer des fils de sa robe. Jamais elle ne pleurait. Elle ne parlait pas davantage. Sauf quand elle entendait au loin la musique aigrelette du clavecin : alors, elle levait la main, comme pour imposer silence aux apprentis de son père, et disait gravement : « Colas ! »

C'était, en effet, Jean-Nicolas qui étudiait avec sa mère. Un excellent prétexte pour rester dans ses jupes ! Le fripon ! Mais Baptiste, au début, ne s'était pas opposé à cet apprentissage : les notes, les couleurs, les mots, autant de moyens pour un homme d'enchanter ses semblables. Jean-Nicolas était, de toute éternité, destiné à la peinture — il serait « V*** Fils » quand Baptiste vieillissant deviendrait « V*** Père » ; « V*** le jeune », quand Baptiste serait enfin « V*** l'aîné ». Cependant, comme il est moins facile à un enfant de former un trait que de former un son (on voit, par cette idée saugrenue, que V*** ramenait la musique à un art simple et tout d'exécution), comme il est moins facile, pensait-il, de tenir un crayon que de taper sur un clavier, attendons que ce garçon grandisse ! « D'ici là, j'aime autant qu'il s'amuse avec un clavecin qu'avec un cheval de bois ! N'ai-je pas raison ?

— Oui », disait Louis Prades qui contrariait rarement son patron.

Ainsi Jean-Nicolas, avec le consentement tacite d'un père qui « n'y connaissait rien », devenait-il, peu à peu, musicien...

Plus tard, quand, parlant avec Oudry ou Chastellain, Baptiste reviendrait sur les erreurs commises dans l'éducation de son fils, il insisterait encore sur cette hiérarchie des arts, aussi claire pour lui que les hiérarchies de l'Académie : « Tout en bas, je place la musique. N'avons-nous pas connu, en musique, des prodiges de six ans ? Rappelez-vous cette petite Jacquet de La Guerre qui jouait au Grand Roi des menuets de son invention... Pour la difficulté, le dessin me semble au-dessus de la musique : dans les classes de l'Académie, je n'ai pas souvenir d'élèves capables de reproduire parfaitement un modèle, même inanimé, avant dix ou onze ans... Et tout en haut je mettrai les mots. À la différence des notes et des couleurs, tout le monde en use, mais peu en savent le métier. Car il n'y a pas de formes pures dans cet art-là. Il y faut de la matière. Et quelle matière ? Le temps. Aussi n'a-t-on jamais ouï parler d'un garçon de douze ans dont on aurait représenté les tragédies ! »

La tragédie était alors à la littérature ce que la peinture historique était à la peinture : le grand genre. Et l'argument de V*** empruntait aussi à cette mode du siècle qui voulait qu'on raisonnât sur tout à partir des enfants, assimilés aux premiers hommes ou aux gentils sauvages : en observant leur croissance et leurs jeux, on prétendait retrouver la « langue naturelle », les secrets de l'Âge d'or et du bonheur universel.

« En tout cas, avait conclu Chastellain, si ce prétendu “ordre des arts” avait été le bon, et qu'il fallût plus longtemps pour faire un bon peintre qu'un bon musicien, tu aurais dû, mon pauvre ami, parvenir à des conclusions opposées à celles que tu as tirées : il fallait former ton fils à la peinture sans attendre !... Veux-tu mon sentiment, Baptiste ? Tu lis trop. Depuis quelques années, tu lis trop. Et trop de philosophie. Il n'y a qu'une qualité indispensable en art : la bêtise. Heureusement, si tu raisonnes beaucoup en éducation, tes tableaux sont bêtes à souhait ! N'y change rien : c'est par là qu'ils nous plaisent... »

Chastellain n'avait pas tort : V*** lisait comme un goinfre. En autodidacte et en curieux. L'inventaire de sa bibliothèque, dressé dans ses vieux jours quand il dut se séparer des plus gros volumes, prouve l'éclectisme de ses lectures. Il y a les lectures obligées, celles dont il avait besoin pour ses portraits travestis : la *Jérusalem délivrée*, le *Roland furieux*, les poètes grecs et romains (que, faute d'avoir appris le latin, il lisait en français). Mettons aussi que, dans son métier, il pouvait lui être utile de disposer — comme c'était le cas — de plusieurs *Art de peindre*. Reste que rien ne le forçait à lire Rabelais et Montaigne, Marivaux et Boccace, le théâtre de tous les temps et de toutes les nations, les romans anglais à mesure qu'on les traduisait, sans oublier — en vrac — Montesquieu, Nostradamus, et les *Lettres chinoises*.

Le plus émouvant, sans doute, est de rencontrer dans ce fatras plusieurs livres d'éducation : depuis Fénelon, déjà classique, jusqu'aux multiples *Instructions d'un père à son fils*, exercice littéraire très en vogue dans cette première moitié du siècle (ensuite, et pendant cinquante ans, les pères n'osèrent plus donner d'« instructions » à leurs enfants...). Tout cela montre que V*** s'efforçait, à la manière de son temps, d'être un père « acceptable » — ou peut-être mieux : ne trouve-t-on pas, dans sa bibliothèque, deux éditions des contes de Perrault, les *Contes de fées* de Madame d'Aulnoy, et les *Trois Nouveaux Contes* de Catherine de Lintot ? Est-ce Sophie qui les avait achetés ? Ou l'inventeur du portrait travesti, le peintre de la robe « couleur de lune » et de ces fonds vaporeux où s'effondrent lentement, dans une lumière crépusculaire, des palais oubliés ?

« On peut, en murmurant des mots magiques, faire remonter les fleuves vers leur source, endormir le souffle des vents, arrêter le soleil, suspendre le cours de la nuit » : est-il permis d'imaginer Baptiste V***, petit bourgeois tranquille, ouvrant pour ses enfants un gros in-quarto bourré de magiciens et de Princes charmants quand le soir, après le souper, il s'assied au coin du feu, dans la chambre de sa femme ? Sophie, étendue sur une chaise longue, se remet à peine de sa dernière fausse couche — la dernière, car il n'y en aura plus d'autres : les époux, désormais, font chambre à part, Baptiste a près de cinquante ans et Sophie se sent fatiguée. Jean-Nicolas est encore au clavecin ; il vient de jouer avec brio un rondeau allègre, accessible aux débutants, et de torturer pendant un quart d'heure un Couperin difficile, avec des notes tenues et des accélérations, que sa mère s'obstine, depuis des semaines, à lui mettre dans la tête et dans les doigts : *Les Barricades mystérieuses*, une pièce de deux minutes, que Sophie elle-même joue souvent et dont Baptiste a toujours trouvé, sans oser le dire, le ton étrangement oppressant.

Jean-Nicolas quête, incrédule, un regard d'approbation de sa mère ; il ne vient pas. « C'est à cause du chien, dit-il. Le chien m'a dérangé ! » Marie-Charlotte s'amuse avec un king-charles frisé, elle lui lance une balle, il jappe, il court, elle court avec lui. Pauline est assise par terre, dans un coin sombre, avec son bonnet de velours à bourrelet censé amortir les chutes, et son tablier sale. Elle a la morve au nez ; elle lui coule jusque dans la bouche. En courant, Marie-Charlotte lui a marché sur la main ; la petite n'a pas crié.

« Mouche ta sœur, Marie-Charlotte, dit Baptiste.

— Non, Papa, crie Marie-Charlotte, elle me fait peur ! Elle est vilaine ! »

Le feu pétille. Jean-Nicolas s'est blotti sur la chaise longue, lové contre sa mère ; il lui caresse le bras ; elle sourit. Baptiste se lève et aide Pauline à se moucher dans son tablier. Marie-Charlotte, tourbillon de frisures et de dentelles, court, crie, rit, tempête : « Maintenant, Papa, le livre-des-fées ! Le livre-des-fées ! » Baptiste se carre dans son fauteuil, Marie-Charlotte se glisse sur ses genoux, Sophie ferme les yeux, il ouvre le livre, et, à la lueur des flammes, commence : « Il était une fois un roi et une reine dont l'union était parfaite ; ils s'aimaient tendrement et leurs sujets les adoraient. » Le chien se couche, le feu ronronne, Sophie s'endort...

À condition de ne regarder ni en arrière, ni en avant, ni dans les coins, c'est ce qu'on appelle le bonheur.

L'année 1737 marque une étape importante dans la carrière de V***. Après une longue interruption l'Académie avait repris, au Louvre, ces expositions qu'on appelait des « Salons » : au Salon de 1737, V*** exposa six tableaux — trois portraits de femmes, deux portraits d'hommes, et un portrait « mixte », *Mademoiselle de Saint-Sorlin, de la maison de Savoie, sous la figure de Minerve, en train d'armer son jeune frère, Monsieur le Comte de Chamblet, pour le préparer au métier de la guerre.* Le sujet était moins flatteur que les flores et dryades auxquelles V*** avait habitué son public. Le compte rendu du *Mercure de France* fut néanmoins très élogieux : après avoir rappelé que Monsieur V*** était connu pour « sa touche sûre, moelleuse et brillante », que tout ce qu'il faisait était « gracieux et léger », qu'enfin les femmes « se battaient pour lui », on vantait la vivacité d'expression du jeune garçon — il avait sept ans — représenté en cuirasse au côté de sa sœur : « Rien de si agréable que cette physionomie à la fois douce et martiale, attendrissante sans être féminine ni triste. Monsieur V***, peintre des dames, montre un grand talent pour saisir le naturel des enfants et les mouvements de leur cœur. »

Le public se pressa à l'exposition qui durait trois semaines. Il s'était formé une queue pour voir la *Fillette jouant au volant* de Chardin et ce petit comte de Chamblet qui, à peine sorti de ses robes, s'apprêtait vaillamment à défendre sa sœur et sa patrie. On publia, dans les gazettes, deux poèmes consacrés au jeune héros et à l'artiste qui avait si bien su peindre « cet âge ami de l'innocence ».

Baptiste, enchanté, vint trois fois admirer son succès. Certes, il était surpris que personne n'eût remarqué ce dont il était le plus fier : le jaune de la ceinture, large et plissée, de l'enfant ; et le fond du tableau, à l'italienne, où l'on voyait, autour d'une église palladienne et d'un village aux toits rouges, des hommes occupés à labourer. N'importe : même si c'était pour de mauvaises raisons, il était content d'être aimé. Si content qu'un dimanche il amena toute sa famille avec lui.

On s'extasia sur la jeunesse et la beauté de Madame V***. Elle tenait Marie-Charlotte et

Jean-Nicolas par la main ; on crut remarquer, chez le garçon de huit ans, des regards, des gestes, qui n'étaient pas indignes du jeune comte du portrait : il y avait, dit-on, entre la mère et son fils la même sorte de complicité qu'entre le frère et la sœur du tableau. Jean-Nicolas, qui s'était senti observé, puis approuvé, comprit qu'il devait ce mouvement de sympathie à son père. Dans un élan de fierté il courut vers lui. Baptiste, qui portait Pauline dans ses bras, la recala comme il put contre son épaule afin de prendre la main du garçon : les spectateurs applaudirent ; Pauline, effrayée par le bruit, cacha son visage dans la cravate bouffante de son père ; les applaudissements redoublèrent — le public des Salons aimait les tableaux vivants...

« Monsieur, dit un spectateur venu de Toulouse, votre famille est comme votre peinture : l'image même du bonheur ! »

C'est alors que le malheur, le vrai, pointa son nez : il prit, comme souvent, l'apparence trompeuse de la chance. La Reine, ayant entendu parler du portrait héroïque du comte de Chamblet, demanda à se faire présenter l'ouvrage ; enchantée, elle voulut la même chose pour le Dauphin — âgé, lui aussi, de sept ans. V*** n'avait jamais reçu de commande de la famille royale : d'ordinaire, les souverains ne posaient que pour les peintres d'histoire. Qu'on pût s'adresser à lui et l'inviter à portraiturer, d'emblée, l'héritier du Trône parut à Baptiste plus que grisant : inouï ! Il avait beau vouloir garder les pieds sur terre, il était aux anges ! Et tout émoustillé. Comme un bourgeois invité dans les coulisses de l'Opéra...

Il découvrit bientôt l'envers du décor. Pendant quinze ans, en effet, il ne travailla quasiment plus que pour la famille du Roi — la Reine et les petits princes : assez longtemps pour se déniaiser ! Se dégriser aussi. Car si les grands seigneurs payaient mal, le Roi ne payait pas du tout ! Entendons-nous : pour un travail donné, il offrait cinq ou six fois plus que n'importe quel particulier ; mais il ne réglait jamais. Ou rarement. Sa direction des Bâtiments — qui traitait avec les peintres — versait un premier acompte et attendait qu'on lui fît crédit du reste : le Roi n'était-il pas le débiteur le plus sûr du royaume ? Tous les dix ou douze ans, quand arrivait un nouveau directeur, on faisait le point : les fournisseurs présentaient leurs vieux mémoires ; et si le directeur était de bonne humeur, on en payait quelques-uns. Pas au comptant, cependant : des portraitistes, on exigeait un rabais — pour vétusté du produit sans doute ! — et rien n'était soldé en espèces ; tout en rentes sur la Bretagne, le Languedoc, la Gabelle ou la Loterie royale... Au mieux, l'artiste créancier de la Couronne touchait donc l'intérêt de sa créance ; quant au capital, s'il en avait besoin (mais de quoi aurait-on besoin lorsqu'on jouit déjà de la confiance du Roi ?), il lui fallait trouver des financiers capables de racheter ses billets — ce qui ne se faisait jamais sans une forte décote, l'État ayant, comme chacun savait, la fâcheuse habitude de réduire le nominal ou de faire carrément banqueroute... Au total, un marché de dupes.

V*** l'ignorait-il ? Rigaud, son illustre prédécesseur dans la « fonction », avait été ruiné, pendant la Régence, par l'effondrement du cours de ses papiers. Nattier aussi. Non, V***, même s'il fréquentait peu ses confrères, ne pouvait ignorer le danger... Mais il céda à la vanité : concurrencer les peintres d'histoire sur leur terrain ! peindre le Dauphin ! parler à la Reine ! avoir ses petites entrées chez le Roi ! Peut-être, aussi, se persuada-t-il qu'il y aurait des retombées : une place encore meilleure dans les expositions, un encens général, et, après accord et « privilège » du monarque, des sous-traités avantageux avec tous les graveurs de France, car rien n'était plus largement diffusé que le portrait officiel.

Il ne se trompait pas : il obtint tout cela. Avec, en prime, grâce au marché de la « réplique », de quoi faire travailler sans arrêt son atelier : de riches particuliers, que le noir et blanc de l'estampe ne satisfaisait pas, voulaient la « copie couleur » du *Dauphin en armure* ou de la *Dauphine faisant des nœuds* ; les copistes du Roi, qui avaient déjà bien de la peine à fournir en *Louis XV* grandeur nature les parlements et les ambassades, renvoyaient ces clients-là sur l'atelier du peintre ; quelques bons élèves suffisaient à la tâche, que les bourgeois gentilshommes réglaient, eux, en monnaie sonnante. Au bout du compte, V*** ne perdit pas beaucoup d'argent dans sa nouvelle carrière. Mais tout son temps et tout son art y furent engloutis.

D'autant que, bon ouvrier, il se prit d'abord au jeu : c'était une gageure que de rendre belle la Reine, ou charmante Madame Infante !

Saisir le « moment de grâce », cet instant où la fraîcheur des sentiments rachète un double menton ou un nez camus, il en avait fait, depuis vingt-cinq ans, sa seconde ambition (derrière le « jaune V*** ») : il chassait le « moment de grâce » comme d'autres le papillon, et le capturait en plein vol, sans attendre qu'il se fût posé. Son tableau de chasse lui semblait encore plus méritoire quand le « moment de grâce » se raréfiait : avec le Dauphin, les deux dauphines, les sept filles du Roi, ses petits-fils et ses petites-filles, il put prouver son habileté — ces terrains-là étaient pauvres en papillons... Il est vrai que pour l'aînée de la troupe, « Madame Infante », il rata le coup de filet : sur tous ses portraits, elle reste épaisse, courtaude — difforme, disons le mot. Mais il faut croire qu'elle était pire, puisque, satisfaite, elle demanda des répliques pour tous ses amis... La Reine, en revanche, V*** ne la manqua pas : il osa ne pas la peindre en reine — elle n'avait aucune majesté —, mais la représenter dans l'intimité, assise sur un canapé, un livre à la main. Ni broderies, ni perles, ni rouge à joues, ni fleurs de lys : juste, sur les épaules, une petite pèlerine fourrée et, pour cacher ses cheveux sans poudre, une mantille noire renouée sous le menton. Elle a quarante ans, elle n'est plus jeune, on sait qu'elle n'était pas jolie : le peintre ne triche pas. Pourtant, malgré le menton pointu et la mine chiffonnée, il a su dégager du regard gris et du demi-sourire une grâce mélancolique. Si poignante qu'on voudrait, par-delà les siècles, prendre la main de cette femme et la consoler. Une femme, voilà ce qu'il a peint, en effet. Pas une couronne. Une chair, une âme ; et fanée, cette chair ; triste, l'âme... Le papillon est bien épinglé.

Tout ce qu'a fait V*** pour les princes n'est certes pas de la même qualité. Dès ces années-là il vieillit. Oh, lentement : ce n'est pas encore le temps en pente raide, les années de six mois, les mois de six jours ; mais le succès officiel vient un peu tard. Ensuite, il souffre d'être harcelé, humilié, par une administration tyrannique : « C'est un lambin ! écrit le directeur des Bâtiments à ses subordonnés quand V*** demande à être payé d'un ancien tableau. Exigez ses derniers portraits ! Mettez-lui l'épée dans les reins ! »

« L'épée dans les reins », V*** se laisse aller à la facilité. Abuse, pour les visages, de l'effet de flou. Ne cherche plus à imaginer, pour les costumes, d'autre éclairage que cette lumière d'atelier, froide et plate, qui vient toujours de face et tombe d'en haut. Quant au caractère de ses modèles, il se contente d'une psychologie en trompe l'œil.

Peu à peu, il se perd. Et perd sa famille. Le Roi le demande à Versailles, à Fontainebleau, à Compiègne : il s'y précipite. Tous les deux ans, on l'envoie à Fontevrault où le monarque a mis les plus jeunes de ses filles en pension dès leur naissance : le Roi n'a jamais rencontré les survivantes, mais il veut leur portrait pour savoir si elles vont bien, si elles sont belles. Il veut aussi des portraits de leur aînée, qu'il a mariée à dix ans, qui vit à Madrid, vit à Parme, passe à Marly, passe à Vienne... Le Roi est un excellent père (par correspondance) et c'est V*** le casanier qui court les routes. Revient en hâte pour les Salons. Expose huit toiles, dix toiles, douze toiles...

Baptiste perd sa famille. Il ne voit pas Sophie s'étioler. Il cesse de protéger Pauline. Il n'entend pas Marie-Charlotte commencer à tousser. Il ignore que Jean-Nicolas joue maintenant avec talent, joue de plus en plus souvent, *Les Barricades mystérieuses*, cet air étrange et obsédant.

Pourtant, de tous ses proches, c'est de Jean-Nicolas, l'« héritier », qu'il se croit le moins éloigné. Car c'est vrai, oui, il en conviendrait volontiers, il s'est éloigné de ses « proches » ; mais, bon, il n'est pas le premier !

Jean-Nicolas, en tout cas, il le connaît : un enfant qui se destine à la peinture, suit les cours de l'Académie, et que lui, « V*** le père », « V*** l'ancien », a pris, pour le dégrossir, dans son atelier. Dès qu'il le peut, il emmène le garçonnet au Luxembourg — voir les Rubens. Ils y vont à pied. Sur le Pont-Neuf, l'enfant traîne. Pas pour écouter les bateleurs. Pour regarder la rivière, un nuage, admirer la lumière : « Pressons, pressons, dit Baptiste, la lumière, tu la verras chez Rubens ! » Un jour, se rappelant que l'enfant aime la musique, il ajoute pour se faire mieux comprendre : « Crois-tu qu'un musicien ait besoin d'entendre beugler les veaux et chanter les oiseaux ? Un musicien a besoin des notes ! »

Ah, les Rubens... Face aux tableaux, il voudrait faire partager son enthousiasme. Il parle, il parle. Mais le petit semble fermé aux émotions qui agitent son père. En revanche, il écoute gentiment ses explications. Surtout les explications historiques ; d'évidence, il s'intéresse moins à la technique du peintre qu'à la vie de ses modèles : était-elle bonne reine, cette Marie de Médicis ? Et son fils, ce petit garçon aux culottes bouffantes — Louis XIII ? c'est bien ça ? —, qu'est-il devenu par la suite, ce petit garçon ?

« Ah, tu le trouves beau, hein ? dit Baptiste. Quand Rubens l'a peint, ce prince avait à peu près ton âge... Te plairait-il, à toi aussi, d'être peint ? » V*** se croit pédagogue, se veut patient et subtil : « Bon, c'est entendu, je vais te peindre. De la sorte, tu pourras voir — et apprendre — comment on peint un enfant... »

C'est ainsi que Jean-Nicolas fit, à onze ans, son entrée dans le portrait de famille.

Il y entra juste avant la mort de Marie-Charlotte. Car Marie-Charlotte la bondissante, l'impétueuse, la turbulente Marie-Charlotte, Marie-Charlotte la tout-en-chair, tout en rires, tout en lèvres, cette pivoine qui vivait pétales dehors, n'était plus, depuis des mois, qu'une brindille sèche : « consomption », avaient dit les médecins. Jamais elle n'atteindrait ses dix ans. Sophie pleurait derrière les portes. Épuisée par les veilles, elle dépérissait. À d'autres moments, elle tapait comme une folle sur le clavecin pour ne plus entendre la toux rauque de son enfant. Pauline, accroupie sous une table, tâchait de se faire oublier. Jean-Nicolas, dans l'atelier, posait tristement pour son père qui commentait, au fur et à mesure, en professeur, les procédés qu'il employait.

Le garçon fut peint, comme prévu de longue date, dans un costume rouge : « Vois-tu, j'ai besoin de couleurs chaudes pour réveiller ma robe de lune ! » Sur le tableau, l'enfant avait son âge réel, mais c'est d'une Marie-Charlotte de quatre ans qu'il recevait un pinceau trempé d'or ; ce pinceau, comme prévu aussi, l'apprenti-artiste l'appliquait sur l'esquisse représentant le visage d'ange du petit Pierrot, disparu six ans plus tôt.

Rien, là-dedans, ne semblait morbide à Baptiste : comme on ne tirait pas un portrait aussi vite qu'une photo, on était habitué, alors, à « finir » des morts ou — sans même parler des scènes de bataille — à peindre des groupes où les défunts se mêlaient naturellement aux vivants. Personne n'en était gêné. Quant à la mort des enfants, quoi de plus banal ? V***, pour consoler son fils, plus affecté encore par le chagrin de sa mère que par la maladie de sa sœur, lui disait avec douceur : « Le Roi, le Roi lui-même, a déjà perdu deux de ses filles... Hélas, avant qu'un enfant ait passé l'âge de dix ans, nul ne peut jurer de rien ! Mais toi, tu es fort, tu vas sur tes douze ans : tu vivras. Tu vivras pour être un jour Premier Peintre du Roi. »

Après la mort de Marie-Charlotte, Sophie s'alita. Les médecins parlèrent de « mélancolie », d'« état de langueur ». Baptiste s'inquiéta, Jean-Nicolas aussi.

Leurs inquiétudes se heurtèrent de front. Sans cesse, le garçon, laissant son ouvrage en plan, quittait l'atelier pour rejoindre la chambre de sa mère. Au bout d'un court moment, on entendait s'élever la mélodie aigrelette des *Barricades mystérieuses.*

« Encore ! criait Baptiste en jetant son chiffon. Encore ! Mais il veut me la tuer ! Il ne peut donc pas la laisser dormir ! Lui demander de jouer ! Comment reprendra-t-elle des forces, comment ? Et avec ces puérilités, croyez-vous qu'il avance dans son travail ? » Le père prenait maintenant l'atelier à témoin ; ce fils, il lui avait donné à copier au crayon un gentilhomme pris dans une estampe de Van Dyck : « Et voilà ! », il brandissait le dessin malhabile de Jean-Nicolas. « Est-ce un cheval qu'il nous a fait ? Si c'est un cheval, je suis un âne ! Et la main du cavalier, voyez plutôt : une patte d'ours ! » Si Louis Prades s'était trouvé là (mais il avait maintenant quitté l'atelier de V*** pour seconder Oudry à Beauvais), s'il s'était trouvé là, il aurait servi d'interprète entre le père et l'enfant, traduit chacun à l'autre, et calmé les fureurs de son maître, dont il savait qu'elles étaient parfois sans cause et toujours sans lendemain : excès de travail, trop-plein d'émotion, débordement d'énergie... Mais aucun des nouveaux élèves ou ouvriers ne jouissait d'une confiance pareille à celle dont Prades avait bénéficié.

D'ailleurs, comme dans toutes les corporations, certains n'étaient pas fâchés de voir le patron s'en prendre au fils de la maison... Aussi longtemps que dura la maladie de Sophie, la plupart s'amusèrent surtout du chassé-croisé entre le père et l'enfant, qui se succédaient jalousement au chevet de la malade : sitôt que V***, agacé, avait disparu dans le fond de l'appartement pour faire « cesser le tapage », Jean-Nicolas, penaud, reprenait sa place dans l'atelier. Et pendant que V***, à son tour, s'attardait auprès de sa femme, son fils faisait terminer ses « anatomies » par un élève de douze ans qui avait trois ans d'avance sur lui dans les cours de l'Académie ; personne ne pipait mot quand Baptiste, revenu à son chevalet, félicitait son fils de ses progrès : « Eh bien, tu vois, quand tu le veux !... ». Pas plus qu'on ne lui révélait ce qu'il feignait d'ignorer : depuis la mort de Marie-Charlotte, Madame V*** n'avait plus la force de toucher son instrument ; elle ne risquait sûrement pas de se fatiguer en « musiquant » puisque c'était toujours Jean-Nicolas qui « musiquait »... « Crois-tu que tu seras peintre ? demanda à Jean-Nicolas son jeune sous-traitant.

— Je crois seulement, répondit l'autre, que Maman va mourir. »

La Faculté venait en effet de décider que Madame V*** n'était ni triste ni languide : elle souffrait du même mal que la fillette emportée six mois plus tôt — consomption. Oh, certes, l'incendie ne l'avait pas prise par le même bout (rien au poumon), elle ne brûlait pas à la même vitesse (plus grande, plus grasse, elle durerait plus longtemps), mais elle se consumait.

Quand elle avait la fièvre, son fils, ses domestiques, Marianne, sa sœur de lait, qui s'était improvisée garde-malade, la trouvaient plus belle encore : elle ne ressemblait plus à la jeune épousée du *Portrait de famille*, elle ressemblait aux portraits de Cour qu'on terminait à l'atelier — on lui avait posé, comme aux princesses, de l'incarnat sur les joues... Son mari, s'il n'était pas à Fontainebleau ou à Compiègne, lui prenait la main, posait un linge mouillé sur son front, et lui racontait des nouvelles de la Cour ou de la rue, n'importe quoi pour l'empêcher de parler. Car, au milieu de phrases indistinctes, de mots sans suite, elle disait parfois des choses terribles : « Où est Pauline ? Il faut tuer Pauline ! » ou bien : « Ce logement nous assassine : jamais de soleil, le nord, toujours le nord ! Il faut fuir ! » ou encore : « Jurez-moi de détruire mon tableau, brûlez-le, Baptiste, je veux le brûler !

— Calmez-vous, mon cœur. Je mettrai Pauline au couvent. Pour le logement, seule la lumière du nord convient à la peinture, vous le savez bien. Mais quant au tableau, s'il ne vous plaît pas, je couvrirai la toile d'un nouveau sujet — une farandole d'anges et d'oiseaux. Souvenez-vous que je suis un bon peintre d'ailes ! Seulement, vous devez d'abord vous reposer, vous avez besoin de repos...

— Non, Baptiste, tout est ma faute ! Je n'ai pas su ce qu'il fallait vouloir. Ma vie, ma vie entière, est une erreur. J'ai voulu ce qu'il ne fallait pas : reprendre Claudine à sa nourrice, sauver les jumeaux, me faire peindre jusqu'aux pieds. Jusqu'aux pieds ! Péché d'orgueil. Je suis coupable. La seule coupable. Pour la musique aussi. Ne punissez pas Jean-Nicolas : il fera de son mieux, réussira à l'Académie, il a pour vous tant d'admiration... »

Quand la fièvre retombait un peu et qu'elle s'agitait moins, il lui revenait un petit sourire doux, presque amoureux. Le médecin avait expliqué à Baptiste que cette consomption qui l'emportait devait la ronger depuis longtemps, bien avant la mort de Marie-Charlotte : depuis cette dernière fausse couche qu'elle avait eu tant de peine à surmonter. Qui sait même si elle n'avait pas communiqué à Marie-Charlotte le mal qui avait foudroyé l'enfant ? Malade la première, elle pouvait cependant résister encore des semaines : elle n'avait que trente-deux ans, « voyez-vous, Monsieur, votre épouse est solide : c'est comme une maison qui brûle, mais une maison neuve; l'intérieur est en cendres, pourtant les murs tiennent ».

Elle mourait lentement, en effet. Baptiste se rappelait l'agonie de sa propre mère : c'était lui, déjà, qui tenait la main de la mourante; elle avait eu, pour l'enfant qu'elle abandonnait, un dernier sourire, déchirant comme une grimace... Sophie mourut par quartiers, par petits morceaux, très petites bouchées. On aurait dit que la Mort la goûtait. Qu'elle l'essayait. Sophie mourut longuement. Quand il lui ferma les yeux, Baptiste était orphelin.

Cet orphelin avait deux enfants sur les bras.

Il ne s'en aperçut pas tout de suite : la mort de Sophie coïncidait avec l'ouverture du Salon. V*** y exposait le portrait d'une des filles du Roi en *Point du jour*, d'une autre fille du Roi en habit de Cour, du fils du Roi en costume de chasse, et de trois maîtresses du Roi — trois sœurs (Sa Majesté avait déjà eu, et laissé, la quatrième, leur aînée), trois sœurs que le peintre avait traitées en série et en allégorie, non sans y mettre quelque malice : la première était *en Victoire*, la deuxième *en Prudence*, la troisième *en Silence*. Baptiste s'était posé beaucoup de questions sur la couleur du *Silence* : en tout cas, le silence n'est pas jaune ; tant pis !

Les spectateurs vinrent nombreux admirer la peinture de V***, ou, plus exactement, découvrir la figure de gens célèbres qu'ils n'avaient aucune occasion de rencontrer. Quant aux comptes rendus du *Mercure* et de l'abbé Desfontaines, ils furent excellents aux yeux du public (« Monsieur V***, par la douceur de son pinceau, mérite d'être le peintre des grâces et du beau sexe ») et très flatteurs pour l'homme de métier (« couleur belle », « pinceau fondu, touche fine » et surtout « Si quelqu'un a jamais approché Van Dyck, c'est Monsieur V*** ! ») ; oui, des descriptions dithyrambiques en général, et circonspectes en particulier : pour ne pas avoir à choisir entre la famille officielle du Roi et la famille Mailly-Nesle où le monarque prenait ses maîtresses, on ne mentionna par discrétion qu'un seul tableau : le portrait d'une inconnue, dite *Dame à l'éventail*, que tout le monde cita comme le meilleur exemple de la manière du peintre.

Ce bon accueil de son œuvre fut, pour « Monsieur V*** », une consolation dans ses malheurs. Du reste, il avait l'impression que ses enfants n'avaient pas pleuré et que la maison tournait. Jean-Nicolas avait repris, sans qu'on le lui demandât, une partie des attributions de sa mère : chaque soir, en rentrant de l'Académie, il rangeait l'atelier ; il faisait les comptes aussi, ayant appris très tôt les quatre opérations ; et, tant bien que mal, il dirigeait les servantes. Mais, bien sûr, ce n'était pas lui qui pouvait recevoir les acheteurs ni écrire à la Surintendance des Bâtiments pour réclamer un arriéré... En revanche, il s'occupait de Pauline — ce que sa mère ne faisait jamais : il tançait la femme de chambre quand la petite n'était pas changée.

À sept ans, Pauline savait enfin marcher (même si elle boitait) ; elle semblait saisir en gros ce qu'on lui disait (même si elle parlait peu) ; mais, pendant la nuit, elle mouillait encore son lit, et, dans la journée, ses jupes. D'ailleurs, quand on dit « mouiller »... Bref, elle sentait mauvais. Jean-Nicolas, qui avait longtemps maltraité sa sœur et lui avait, comme tout le monde, préféré Marie-Charlotte, décida d'éduquer cette petite que les domestiques se contentaient de traiter de « salaude » et de « dégoûtante » sans jamais l'aider. Sur la culpabilité de l'enfant, réputée criminelle depuis la mort brutale de son jumeau, peut-être avait-il fait le tour de la question ? Ayant assisté à l'agonie de Marie-Charlotte et constaté à quel point Pauline y était restée — de toutes les manières — étrangère, il pouvait penser qu'elle avait eu peu de part à la mort de Pierre; d'ailleurs, son père ne le lui avait-il pas dit que la mort des enfants n'était, bêtement, qu'une affaire d'âge — « moins » ou « plus » de dix ans ? Sans doute se promit-il que Pauline passerait ce cap fatidique.

Il commença par veiller à sa propreté, courant lui-même la débarbouiller quand, plus triste qu'une âme du Purgatoire, elle finissait par s'échouer, sale et dépeignée, sur un des bancs de l'atelier. Il est vrai que laver Pauline et la rhabiller fournissait à Jean-Nicolas un excellent prétexte pour manquer un cours à l'Académie ou quitter plus tôt son chevalet... Il essayait aussi de la faire manger : elle n'avait jamais accepté que des bouillies. Et encore, il fallait lui donner la becquée ! Elle n'avait aucun appétit, secouait la tête, pinçait la bouche, envoyait valser la cuillère. Leur vieille cuisinière, à bout de patience, ne se donnait plus tant de mal : elle posait deux écuelles par terre, l'une pour Pauline, l'autre pour les chiens... Jean-Nicolas parvint à convaincre sa sœur d'avaler de la mie de pain, d'abord trempée dans du lait, puis au naturel. Mais elle se méfiait de lui. Reculait parfois brusquement.

Gémissait. Grondait. En animal qui a gardé le souvenir des coups.

Il dut l'apprivoiser. La dresser avec douceur. L'élever comme il avait élevé Babiole, l'épagneul que le Dauphin, en veine de générosité, avait distrait pour lui de la précieuse portée d'une de ses lices.

Pauline eut huit ans. De temps en temps, elle absorbait, sans protester, des panades salées auxquelles on ajoutait un bouillon de veau. Elle avait aussi découvert la gelée de groseilles et les compotes. Le soir, c'était Jean-Nicolas qui la faisait souper, après ses cours à l'Académie : « Mange, Pauline, il faut manger. » Baptiste, quand il était à la maison et lisait dans sa chambre, entendait cette petite voix insistante, qui répétait, cuillerée après cuillerée, les mêmes mots : « Mange, Pauline, il faut manger. » Sept syllabes redites cent fois, soir après soir, redites lentement sur les mêmes tons modulés. Comme le refrain d'une chanson dont on ne saurait plus les couplets, un jeu qui ne se jouerait qu'à deux. Car Pauline, maintenant, aimait jouer à manger avec Jean-Nicolas : elle ne mettait pas les paroles mais fredonnait, certains jours, l'air du « Mange, Pauline » avant même que son frère eût ouvert la bouche... Elle restait maigre ; pourtant, elle avait grandi. Dans la journée elle était propre : avec son chignon bouclé et les vieux tabliers de Marie-Charlotte, elle ressemblait presque à une boiteuse ordinaire.

Pauline a neuf ans. Elle se plante près du clavecin, réclame « Colas ». « Non, Pauline, on ne doit pas : c'est défendu. Le clavecin est à Maman, tu comprends? » Plus personne ne touche à l'instrument — si ce n'est l'accordeur, que V*** laisse encore venir tous les deux mois. Pauline s'entête, répète, l'air fâché : « Ma-man, Ma-man ». Secoue la tête en soufflant, trépigne : « Colas! » Elle tient dans ses bras, très serrée, la poupée que Baptiste lui a achetée. Il faut lui arracher la poupée pour l'éloigner de « la musique »... Quand son père part en voyage, Pauline grimpe le soir dans le lit de Jean-Nicolas, avec Babiole, l'épagneul du Dauphin, et Triton, le vieux king-charles des aînés; ils s'endorment tous en tas. Elle ne déchire plus les livres, elle regarde les images — à l'envers. Elle aime encore rester assise, en silence, dans les coins sombres; mais quelquefois on l'entend rire. Elle mange la mie des brioches. Elle a une robe neuve.

Pauline aura dix ans. Elle les aura! Jean-Nicolas le sent, il le veut. En déjeunant avec son père, il s'enhardit jusqu'à suggérer que « sur le grand tableau qui est contre le mur, dans l'atelier, on pourrait peut-être... peindre Pauline ? La peindre à côté de moi ». Baptiste s'amuse : « Quand tu dis "on pourrait peindre", qui est ce "on" ? Toi ? » Le garçon pique du nez dans son assiette : « Vous savez bien que je ne suis bon à rien...

— Mais non, mais non ! Frémin » (c'est le nouveau directeur de l'Académie) « Frémin m'assure que tu progresses dans l'étude des formes. Certes, tu pèches encore beaucoup pour les proportions. Avec cela, trop de hachures évidemment, et des contrastes mal appliqués... Mais le métier viendra : à ton âge, peu seraient capables de peindre une Pauline ! Nous allons donc décider ensemble de la manière dont *je* vais la peindre... Si ce modèle était un modèle, disons, plus "ordinaire", nous aurions à le satisfaire : comment nous y prendre ? J'attends tes idées. »

Pour Baptiste, tout est prétexte à leçon de peinture : une promenade, une visite à la cuisine, une conversation. Il espère enfourner le métier à son fils comme son fils enfourne des bouillies à sa sœur.

« Alors, ces idées ?

— Je ne sais pas, mon père. Pauline n'est pas... enfin, pas si jolie que les princesses...

— "Pas si jolie que les princesses" ? Voilà deux sottises en une phrase. J'aime Pauline, je l'ai aimée avant toi, mais elle est très laide. Il faut avoir le courage de regarder ceux qu'on doit peindre pour, au moins, sauver leur portrait ! Car on peut toujours sauver un portrait... Quant aux princesses, mon ami, contrairement à ce que tu crois, elles ne sont pas belles, à part la petite Madame Louise et, peut-être, Madame Sophie : Madame Infante est affreuse, Madame Henriette, lourde et commune, Madame Adélaïde, grassouillette avec des yeux de truie, et si Madame Victoire continue à grandir, elle fera un joli grenadier !... Revenons à notre modèle du jour : qu'y a-t-il de laid en Pauline ? »

Le garçon regarde son assiette, tourne un morceau de viande du bout de sa fourchette, trace des chemins dans la sauce, regarde de biais, rougit, on dirait qu'il a honte. Honte de quoi ? se demande le père.

« J'attends, dit-il, sévère.

— Euh... Quelquefois, Pauline... quelquefois, elle louche un peu...

— Quelquefois ? Souvent ! Et puis ?

— Son visage n'est pas, n'a pas...

— Son visage est trop étroit, oui. Et quelle partie de son visage, précisément ?

— Je ne... Peut-être... Peut-être son front ?

— Le front, en effet. C'est à cause des fers. »

Baptiste abandonne brusquement son ton

professoral : « Pour nos jumeaux, les médecins ont dû utiliser les fers. Et ces fers ont marqué la pauvre enfant... Mais il paraît que ce défaut peut s'arranger en grandissant. Et on pourra toujours, par la suite, lui faire retomber des boucles par-devant, crêper ses cheveux autour des tempes, ou lui mettre des coiffes. C'est le chignon qui ne lui va pas. Il faudrait... » Un ange passe. « Bon, tenons-nous à notre sujet : comment rendre jolie une fillette maigre à l'excès, dont le front est resserré, et l'œil, oblique ? Tu donnes ta langue au chat ? » Oh oui, Jean-Nicolas donne sa langue au chat ; il regrette même d'avoir parlé. « Si elle se trouvait seule sur le portrait, je te dirais qu'il n'y a pas de remède miracle. Beaucoup de bons, aucun d'excellent... Mais, dans un portrait de groupe, un tableau de genre, une peinture d'histoire, la solution s'impose : il faut représenter ton modèle de profil. De profil, m'entends-tu ? De profil, cette petite est comme une autre : plus question de regard, de front déformé, ni de visage étriqué. Du reste, elle a un nez charmant... Second avantage, auquel il te faudra penser quand tu seras établi à ton compte, le profil fait gagner du temps. Rien n'est plus facile à tracer qu'un profil ! C'est la ressource de tous les peintres qui ne savent pas dessiner ! Regarde Monsieur Chardin...

— Monsieur Chardin ne sait pas dessiner ? »

Jean-Nicolas saute sur l'occasion : son père va lâcher Pauline et se jeter sur ses rivaux, bonne affaire !... Non que V*** ait jamais été médisant, mais, en vieillissant, il s'aigrit un peu. À mesure qu'il s'enferre dans le portrait officiel, et qu'il a conscience de s'enferrer, il maltraite ceux qui ont gardé leur liberté. Chardin a du succès, il produit peu, expose quand il veut ? Ah, c'est facile, quand on est fils d'un fournisseur du Roi. Propriétaire de deux maisons. Marié à des femmes bien rentées. Ce monsieur n'a même pas eu besoin de se présenter à l'Académie, on l'y a reçu à l'applaudissement général sans lui imposer de sujet ! Et, aujourd'hui, il se vante de ne peindre que « par amusement » ! Heureux, encore, qu'il s'en tienne aux genres mineurs, et même minuscules...

« Je veux bien, en vérité, que Monsieur Chardin ait du talent : certes, son royaume est petit — gigot cru et hareng saur — mais je trouve sa lumière bonne, ses chaudrons très chaudrons, et ses écumoires très écumoires ! Pourtant, quand il en vient aux compositions avec figures — dont le public est maintenant si friand — j'ai à me plaindre : ses femmes ont de la grâce, peut-être, mais je ne vois pas qu'elles aient un visage ! Rien qu'un profil ! Qu'elles s'occupent à prendre du thé, cacheter une lettre, finir une tapisserie, brosser un chapeau, écurer une poêle ou éplucher des navets : profil. Même chose pour les enfants : ils dessinent, lancent un toton, disent leur prière, jouent à l'oie, aux cartes, au volant ? Profil ! Quelquefois, notre animal ne va même pas jusque-là : profil perdu — et autant de gagné, car c'est plus facile ! Et si, par extraordinaire, il se voit contraint d'aller plus loin, ce ne sera jamais jusqu'au trois quarts, n'aie crainte : un sept-douzième lui suffira — léger bombé du front et quatre cils de l'autre côté du nez !... Maintenant, sais-tu pourquoi tous les personnages de Monsieur Chardin entrent par la droite et marchent en oblique ?

— Parce qu'il ne sait pas dessiner.

— Oui. Comprends-moi bien : ce n'est pas que je sois "poussiniste" ; je peux imaginer — je dis "imaginer" — un peintre qui ne préparerait rien sur le papier, poserait tout de suite ses couleurs, à grands coups, sans souci du contour, mais qu'il ne s'attaque pas aux visages, surtout ! Monsieur Chardin prétend sortir de son genre : comme il n'a pas assez de métier, il choisit le profil pour la facilité du trait, et parce qu'il lui évite le rendu des regards. Le regard, Nicolas : l'âme du portrait, la "flèche de la cathédrale"... D'ailleurs, même de trois quarts, les figures de ce paresseux ont toujours les yeux baissés ! Il est le roi de la paupière close ! Que veux-tu, c'est un homme qui a commencé par les gigots, et les gigots n'ont pas d'âme... En conséquence, nous peindrons ta sœur à la manière de Monsieur Chardin.

— En conséquence ? En conséquence de quoi ? Est-ce qu'elle n'a pas d'âme ?

— Bourrique ! Raisonneur ! J'aime Pauline ! Insolent ! Effronté ! Sors de table, va te coucher ! »

Pauline entra dans le portrait de famille par la gauche et de profil.

Son introduction dans le grand tableau n'alla pas sans soulever quelques problèmes : jusqu'ici Baptiste s'était efforcé de garder, entre les personnages du portrait, un rapport d'âge à peu près exact. Au moins respectait-il l'ordre des naissances. En glissant brusquement une Pauline de neuf ans aux côtés d'une Marie-Charlotte représentée à l'âge de quatre, il semblait tout bouleverser : Pauline, bien que dernière-née, apparaissait, dans le groupe d'enfants, comme l'aînée des filles.

Mais elle le devint presque aussitôt : elle eut

dix ans, en effet, et fut « plus grande » que sa grande sœur ne l'avait jamais été.

Puis elle eut onze ans — ce qui parut extraordinaire à tout le monde. Jean-Nicolas triomphait. Bien sûr, Pauline ne saurait jamais lire ni conduire un raisonnement. Mais elle s'habillait seule, balayait l'atelier, s'occupait des chiens, et pouvait, quand l'envie lui en prenait, prononcer d'assez longues phrases. Elle aimait son père par foucades, et adorait son frère. On l'avait coiffée d'un bonnet large, au volant plissé, qui lui tombait jusqu'aux sourcils.

De l'enfant sauvage qu'elle avait été ne restaient qu'une passion farouche pour les cachettes, une maigreur extrême — elle avait l'air d'une arête —, et ce dégoût prononcé pour la nourriture qui donnait tant de mal à Jean-Nicolas. Elle ne s'asseyait pas à table, ne se servait d'aucun couvert, refusait la plupart des aliments solides, et attendait la « becquée ». Elle pouvait, parfois, l'accepter d'autres que son frère, si l'on faisait précéder chaque bouchée de la chansonnette inventée par Jean-Nicolas : « Mange, Pauline, il faut manger. » À cette condition, on put glisser dans son régime le fromage blanc et l'œuf mollet.

Jean-Nicolas, dont Pauline était la seule victoire, se mit en tête de lui donner envie de fruits frais : une gageure ! Mais Pauline aimait la répétition, les rites, et il avait eu l'idée d'un nouveau jeu : rien de plus facile que de transformer les fruits ronds en boules de billard ! Il posa quatre pommes sur une table, prit le manche du balai, visa, frappa, carambola, et finit par s'écrier : « J'ai gagné ! » en attrapant une pomme pour la croquer. Il fit de même, à la saison, avec les prunes et les cerises ; il les poussait, les regardait rouler, les poussait encore, puis lançait en l'air la plus grosse et feignait de la gober : « J'ai gagné ! » Pauline, ravie, répétait en écho : « J'ai gagné ! » Mais elle ne s'aventurait pas jusqu'à toucher un fruit du bout des doigts. Encore moins du bout des dents ! Jean-Nicolas persévéra : « J'ai gagné !

— Gagné ? Qu'as-tu gagné ? demanda son père en entrant brusquement dans la cuisine. Gagné de te faire renvoyer de l'Académie, oui ! Car tu es renvoyé, mon jeune ami ! »

Jean-Nicolas avait beau être un élève payant, et le fils d'un peintre, ses absences étaient si fréquentes et son travail, si médiocre, que l'Académie royale avait osé disposer de sa place pour un autre. « V*** le père » aurait pu protester, faire valoir qu'en somme il était l'un des portraitistes du Roi... Mais l'était-il encore, justement ? Le Roi avait inauguré, six mois plus tôt, une nouvelle maîtresse, Madame de Pompadour, et cette nouvelle maîtresse n'éprouvait aucun désir d'être peinte par celui qui venait de représenter les quatre précédentes. Non seulement Madame de Pompadour ne passa pas la moindre commande à V***, mais elle sut convaincre le Roi que, de tous les portraits qu'on avait faits de lui, le moins réussi était celui de ce pauvre V***, « qui a beaucoup baissé et n'est plus bon qu'à peindre des vieilles femmes qui veulent avoir l'air jeune ! ». Quant à elle, elle aimait mieux le Roi — elle « l'aimait » tout court — lorsqu'il était peint par La Tour ou Van Loo... Le « Bien-Aimé » remisa en hâte son unique portrait signé de V***, que personne n'a jamais retrouvé.

Un malheur n'arrive jamais seul, une maîtresse royale non plus. Celle-là était, comme les autres, accompagnée de sa famille qu'elle se dépêcha de placer. Comble de disgrâce pour V***, elle mit son oncle par alliance, Tournehem, à la Surintendance des Bâtiments, histoire de chauffer le fauteuil pour son jeune frère, lequel était encore un peu « vert » — à eux deux, ces messieurs allaient tenir l'emploi pendant vingt-cinq ans ! On imagine comme ils se hâtèrent de régler les factures des favorites antérieures... ou celles de la Reine !

C'est là, d'ailleurs, que la demi-catastrophe vira, pour V***, à l'engrenage fatal : éloigné du Roi par la favorite toute neuve, il apparut d'autant plus sympathique à la Reine et à ses enfants. Croyant le soutenir, ils multiplièrent les commandes. C'était oublier un détail (les grands s'abaissent rarement jusqu'au détail) : pour le règlement final, tout dépendait de la direction des Bâtiments... De 1745 à 1755, V*** ne travailla donc plus pour le roi de France mais « pour le roi de Prusse » ! Car ce qu'il exécutait à la demande du « parti de la Reine » ne pouvait être payé qu'après accord du « parti de la maîtresse »...

« Comment se tirer de tout cela quand on n'est que le fils d'un marchand de balais ? » se demandait V***.

Voilà pourquoi, dès ces années-là, il se garda d'affronter l'Académie royale dont le soutien pouvait un jour lui devenir nécessaire ; du reste, il n'était pas fier de son fils. Sans discuter, il le mit à l'Académie de Saint-Luc, dont l'école avait connu son heure de gloire quand Mignard et les portraitistes s'y étaient retranchés pour lutter contre la tyrannie de Le Brun et des derniers « poussinistes ». Maintenant, on n'y trouvait plus que des professeurs de second ordre et des élèves de petit calibre. Mais un peintre se forme partout, se répétait V*** : Oudry n'avait-il pas commencé dans cette école-là ? Et n'était-il pas, aujourd'hui, professeur à la « grande » Académie ?

À propos d'Oudry, pourquoi ne pas lui envoyer son filleul l'été prochain ? À Beauvais, auprès de son illustre parrain, le garçon apprendrait peut-être à faire des lapins qui auraient des pattes et des perdrix qui auraient des plumes ! Après tout, on peut vivre sans être peintre d'histoire : tant qu'il y aurait des gentilshommes, il y aurait de la peinture de chasse... Louis Prades, qui avait connu Jean-Nicolas tout enfant et secondait désormais Oudry à la Manufacture, veillerait sur ce mauvais écolier comme sur un petit frère. V*** pourrait partir, l'esprit tranquille, à Fontevrault où Mesdames, filles du Roi, devaient de nouveau poser pour lui à la requête de leur maman. De toute façon, rien n'aurait pu être pire que de laisser Jean-Nicolas à Paris, où il faisait le jongleur de pommes et l'avaleur de prunes !

Pendant que son père était à Fontevrault avec les princesses, et son frère à Beauvais avec les lapins, Pauline mourut. Sans le faire exprès. Elle n'avait jamais rien fait exprès. Pas même d'étouffer son jumeau... Elle s'ennuyait : le soir, elle guettait Jean-Nicolas derrière la porte ; il ne rentrait pas. En claudiquant, elle marchait jusqu'à la chambre de sa mère, jusqu'au clavecin dont elle caressait le bois doré ; Jean-Nicolas ne rentrait pas. Elle regardait le *Portrait de famille* qu'on avait fini par accrocher au mur de cette chambre, elle le regardait longtemps, mais elle ne reconnaissait pas ces gens-là ; d'ailleurs, elle n'avait jamais compris que ces toiles plates comme des draps, et barbouillées de couleurs, représentaient des êtres en trois dimensions : elle ne lisait pas mieux les images que les livres. Elle s'ennuyait. Elle fredonnait le « Mange, Pauline » en espérant que la chanson finirait par lui ramener Jean-Nicolas.

Un jour où, à l'office, la femme de chambre discutait avec le valet qui buvait avec la cuisinière, elle voulut jouer, toute seule, à « J'ai gagné ». Si on s'était trouvé à la saison des pommes, rien ne serait arrivé : on ne gobe pas une pomme, au pire elle l'aurait reçue sur le nez. Mais c'était l'été — la saison des mirabelles. Elle cria « J'ai gagné » et, ouvrant la bouche, lança en l'air une mirabelle un peu verte...

Deux fois de suite, elle l'a manquée. Mais

Pauline adore la répétition. Alors, elle a recommencé, depuis le début. Poussé la bille de la paume, puis du doigt ; applaudi, crié ; la sixième fois, le fruit est tombé droit dans sa gorge.

Les domestiques n'ont rien entendu. Quand la chambrière est revenue dans la salle à manger, Pauline était sur le plancher, le panier de prunes répandu autour d'elle. En étouffant elle s'était à peine débattue : le volant de son bonnet n'était pas dérangé.

Les amis, les serviteurs, les élèves ne surent jamais la vérité. Pour eux, c'était un accident. Inexplicable quand on connaissait la répugnance de Pauline pour tout ce qui n'était pas prémâché. Mais allez savoir ce qui se passe dans la tête d'une petite fille déraisonnable !

Aucun d'eux ne connaissait le jeu du « J'ai gagné »... Mais Baptiste, lui, avait vu son fils y jouer. Une fois. Et il comprit.

Jean-Nicolas aussi : il savait maintenant qu'il avait tué Pauline en l'aimant — comme Pauline avait tué Pierre, comme Sophie avait tué Marie-Charlotte, et comme son père le tuerait. Il ne mit plus de cravate, plus de manchettes de dentelle, plus de couleurs claires. À l'Académie de Saint-Luc, où il n'avait pas d'amis, on le surnommait « l'Abbé ». À le voir toujours vêtu de brun ou de noir, ceux de l'atelier le crurent converti au jansénisme.

Il était rentré de Beauvais en sachant faire toutes les plumes d'une perdrix. Il peignit des perdrix posées auprès des fusils dans les portraits de gentilshommes *en chasseur* que son père exécutait encore de temps en temps. Deux fois aussi, V*** lui fit représenter, dans un coin de tableau, le clavecin de Sophie : c'était sur le *Portrait de la Dauphine en déesse de la Musique* — la princesse ne tenait qu'un livre de chant et il fallait « meubler » le reste ; la seconde fois, ce fut pour un riche collectionneur qui voulait le portrait en pied de sa fille jouant de la basse de viole — la basse de viole se présentant comme une verticale, V*** avait besoin d'une ligne horizontale ; le clavecin, une fois encore, la lui fournit : « Va dans la chambre de ta mère, avait dit Baptiste à son fils, et reproduis son clavecin d'après nature, ou copie celui de mon *Portrait de famille.* Comme tu voudras. Ou comme tu pourras ! » Jean-Nicolas préféra, contre son habitude, travailler d'après nature. De cette façon, il tournait le dos au grand tableau...

Il devenait capable de représenter certains ornements. Des troncs d'arbres, des fleurs fanées, des bougeoirs sans bougie, des ciels unis, des rochers restés dans l'ombre, du gibier mort qui ne ressusciterait jamais — enfin, tout ce qu'on n'avait pas besoin d'animer. Par ailleurs, il jugeait assez bien l'œuvre des autres. Et connaissait parfaitement la mythologie, l'histoire des grands hommes, celle des religions, et la symbolique des gestes et des objets. À l'école, on le savait imbattable sur la théorie. C'est par la pratique qu'il péchait : « Pas tant d'huile sur ton pinceau, Nicolas ! Pas si grasse ta sous-couche ! grogne Baptiste. Ah oui, je sais : la couleur semble plus facile à étendre, elle est flatteuse, onctueuse, voluptueuse. Et puis, n'est-ce pas, on en a plus vite fini ? Solution de paresseux ! Qui se paie cher : ton tableau séchera, mais seulement en surface — dans dix ans sa peau craquera, il sera gercé de partout, tombera en morceaux ! Vois ce qui arrive déjà à ce pauvre Watteau : il a peint son *Enseigne* en huit jours, le bel exploit ! Trente ans après, tout ce qu'il a fait s'effrite !

— Je ne peins pas pour l'éternité, grommelle Jean-Nicolas.

— Je l'avais remarqué », dit son père.

L'atelier de V*** reste recherché par les futurs portraitistes, mais on commence à raconter, dans la profession, qu'il y règne une atmosphère détestable : les disputes du père et du fils empoisonnent tout.

Surtout quand Jean-Nicolas, à défaut de pouvoir donner la vie, se mêle de donner des idées. La peinture d'histoire a toujours été chargée d'idées, la « peinture de genre », dont la mode s'installe alors, en fait aussi une grande consommation : un chat n'y est plus un chat, mais le signe de la trahison (ou de la lascivité, c'est selon) ; un ruban, un vulgaire ruban, se voit promu « indice de la frivolité » ; un château de cartes traduit la fragilité des entreprises amoureuses ; un éventail fermé exprime la reddition sans conditions de sa propriétaire ; un œuf cassé révèle la perte d'un pucelage ; une pendule rappelle le passage du Temps ; et un buste, un seul dans un coin, suffit à figurer l'Art tout entier. Le public, content de jouer à la charade, en rajoute : le peintre a-t-il raté un visage d'enfant, resté confus, on y voit aussitôt l'expression, subtile, des caprices de la pensée enfantine ! En somme, on étend à toute la vie la lourdeur signifiante des *memento mori* et des *vanités* dont le siècle précédent avait entouré la mort.

V***, qui avait détesté la rhétorique du deuil et le pléonasme funéraire, n'était pas prêt à donner tête baissée dans les nouveaux symboles ; ni à prendre une vieille vessie pour une jeune lanterne. Certes, il avait usé, usait encore parfois, de quelques attributs mythologiques, mais sans excès : une flèche discrète, un paon modeste, un croissant presque effacé... Loin d'être le propos de sa peinture, ces attributs n'en étaient que le prétexte. Prétexte à dénuder, comme son maître Rubens, des chairs fauves ou irisées, à jeter des voiles bleus sur des cheveux roux, des rubans d'or sur des velours verts, et à s'offrir, en arrière-plan, des mers démontées et des forêts échevelées.

Mais Jean-Nicolas, qui était de son temps, qui se voulait « moderne », prenait les idées plus au sérieux. Au dernier Salon, où son père exposait le portrait grandeur nature de quatre princesses déguisées en *Éléments*, le Feu, l'Air, la Terre et l'Eau, des *éléments* que rien n'évoquait sauf les couleurs, des *éléments* réduits à leur plus simple expression, celle des attitudes et des visages, Jean-Nicolas avait entendu deux spectateurs commenter sans aménité le travail de Baptiste : « Peinture facile, vive, brillante. Bien sûr... Mais après? » Malgré leurs différends, il admirait son père, et il fut peiné ; il pensa qu'il pourrait l'aider à mettre dans ses toiles cette profondeur, ce « mais après », qui y manquaient.

Baptiste, pris par d'autres commandes, lui

ayant demandé d'achever, pour un Monsieur Duval, directeur — très solvable — à la Compagnie des Indes, un touchant portrait de couple (lui, déjà marqué par l'âge, déroulant pour elle une carte de l'Asie ; elle plus très jeune, en taffetas gris, la main tendrement posée sur le bras de son mari et le regard attiré par le jeu d'un caniche à leurs pieds), voilà que Jean-Nicolas décide de souligner l'attachement des vieux époux. D'en faire un exemple d'amour conjugal dont tout le monde, au prochain Salon, admirera la portée. Philémon et Baucis. Puisqu'il ne reste à faire qu'un chien, il le fera — mais à sa manière : « moderne ».

Quand il revient deux jours après, Baptiste s'arrête dès le seuil de l'atelier. Il observe le tableau avec stupéfaction, une stupéfaction gourmande, exagérée : c'est son côté cabotin ; sa revanche, aussi, sur cinquante ans de soumission aux autorités, aux académies, aux grands, aux riches, aux puissants. « Qui s'est permis ? ! » Les élèves se font tout petits, l'ouvrier file dans l'arrière-cuisine, Jean-Nicolas recule dans l'ombre. V*** s'approche lentement du portrait. Il a même sorti ses lorgnons... On ne sait s'il ronchonne ou s'il ronronne — ronronne de plaisir à l'idée de la scène qu'il va faire ; en tout cas, on entend gronder quelque chose qui, comme d'habitude, va s'abattre sur Jean-Nicolas : « Ah, je vois ! Je comprends ! Monsieur se croit malin ! Si ! Ne me dis pas le contraire : tu as voulu faire l'"intelligent" ! Faire le penseur ! Madame Duval a une petite caniche, qu'elle adore, *qu'elle adore,* tu m'entends — et toi, tu lui peins un lévrier !... Sa petite caniche est turbulente, toujours en mouvement, c'est pourquoi sur *mon* tableau elle accroche le regard de sa maîtresse — et toi, tu lui peins un lévrier endormi ! En-dor-mi ! Le lévrier, encore, j'en soupçonne la raison : symbole de la fidélité, n'est-ce pas ? Eh oui, nous y voilà ! Soulignons, soulignons bien ! Comme si, en voyant ces deux vieillards, leur pose et leurs visages, on n'avait pas déjà compris ! Mais, mordieu, pourquoi faut-il qu'en plus ton lévrier soit endormi ? Hein, pourquoi ?

— Parce que, bafouille Jean-Nicolas, un chien endormi symbolise mieux la...

— Quoi donc ?

— La... fidélité.

— Alors, comme ça, trois fois "la fidélité" ? Une fois dans les vieux, une fois dans le chien, et une fois dans le sommeil ! Mais, bougre d'âne, ne vois-tu pas que, dans la composition de ce portrait, ton lévrier endormi n'est pas seulement une redite ? C'est un contresens ! Et puis un lévrier chez une bourgeoise, et dans un salon ! Un peu de jugeote ! Chez une bourgeoise qui aime sa petite caniche, par-dessus le marché ! Quand cesseras-tu, bourrique, de peindre avec ta tête et sans tes mains ? » Et, là, V*** ne résiste pas au plaisir de citer Chastellain, sans donner ses sources : « Voilà donc un portrait gâté. Par la faute d'un bel esprit ! D'un penseur ! Mets-toi dans le crâne que, dans la peinture, le premier talent, c'est la bêtise. Ou, si le mot te gêne, mets "naïveté" ! Naïveté ! »

Le Baptiste du matin se promettait de ménager Jean-Nicolas et de l'encourager ; le Baptiste du soir ne décolérait pas contre ce « gobeur de prunes », qui gâtait tout ce qu'il touchait. Le Baptiste du matin se jurait de ne plus rien confier d'urgent à ce malheureux enfant ; le Baptiste du soir enrageait d'avoir compté sur lui pour un bouquet de fleurs ou une épée. Le Baptiste du matin se croyait prêt à laisser son fils choisir la marine ou l'épicerie ; le Baptiste du soir se persuadait que le génie est une affaire de volonté. Bref, le Baptiste du matin se levait avec une auréole, le Baptiste du soir se couchait avec les pieds fourchus.

Ainsi tiré à hue et à dia, Jean-Nicolas, tout

vêtu de tristesse, avançait de travers. Avançait pourtant, et sans illusions, vers la catastrophe. Désormais, il ne luttait plus. D'ailleurs, avait-il résisté autrement que par saccades ? Ultimes soubresauts d'un poisson depuis longtemps promené au bout de la ligne... Maintenant il convenait même, si on le voulait, qu'il avait beaucoup de chance ; puisque son père le lui répétait chaque fois qu'il lui révélait une des ficelles du métier (car Baptiste ne pouvait s'empêcher de continuer à « enfourner »). « Tu en as de la chance ! Ah, si j'avais eu un père, moi ! Sais-tu qu'il m'a fallu quinze ans avant d'oser ma "préparation blanche" ? À propos, n'oublie pas ce que je t'ai dit hier pour tes feuillages : jamais de "vert de vessie", ta couleur virerait. Oui, je saurai te faire gagner du temps ! Tu brûleras les étapes... Attention, imbécile ! Ta brosse ! Tu empâtes ! Reprends vite à la hampe ! À la hampe ! »

Dans le courant de l'automne, Baptiste reçut, à sa grande surprise, une commande personnelle d'Abel Poisson, le frère de la favorite, devenu, par la grâce royale, marquis de Marigny et directeur des Bâtiments ; Marigny souhaitait quatre dessus-de-porte un peu galants, il était las de Boucher, il avait pensé à

V***. C'était une occasion inespérée de se remettre au mieux avec ce monsieur : V*** avait, à ce moment-là, trente mille livres d'impayés sur le Trésor royal — de quoi vivre plusieurs années... Il partit pour Compiègne, où était la Cour. Il confia à son fils le soin de terminer un grand portrait de Madame Henriette, morte au début de l'année, un portrait dont le Dauphin voulait faire la surprise à sa mère pour ses étrennes. Comme chaque fois (à l'exception notable du portrait de sa femme), Baptiste avait peint d'abord le visage ; puis la robe ; ensuite les épaules qui, reliant l'un à l'autre, devaient emprunter des couleurs aux deux pour tout fondre en dégradé. Des élèves s'étaient chargés de l'arrière-plan, qu'il avait voulu, contre son habitude, sans perspectives : un drapé de velours « à l'ancienne ». C'est ainsi qu'il sentait la chose ; peut-être parce que cette jeune fille, qu'il avait rencontrée et peinte souvent, ne verrait plus ces forêts où l'on entend, éternellement, chasser au loin un Prince charmant...

La date de livraison du portrait était fixée depuis longtemps : il ne restait que trois semaines, dont il fallait soustraire deux pour l'ultime séchage et le vernissage ; or, V*** partait pendant cinq jours. Heureusement, il n'y avait plus à finir que l'une des mains de la princesse, celle qui retombait dans le pli de la jupe et laissait glisser, comme on laisse échapper la vie, une grappe de raisins dorés ; cette main même était quasi achevée : il suffisait d'y placer la tige du fruit et de peindre les grains sur l'étoffe jaune clair de la jupe. V*** confia cette tâche à son fils d'un cœur léger : la grappe de raisins était l'un des exercices les plus académiques, et Jean-Nicolas, qui la pratiquait depuis sept ou huit ans, avait acquis une bonne maîtrise de la luisance du grain et de ses coloris. V*** se borna à lui permettre de « graisser » son pinceau, ce qui hâterait le séchage : « De toute façon, dit-il, la jupe est très maigre — gras sur maigre, tu ne risques rien ! »

Comme toujours chez V***, les mains de la princesse étaient admirables.

Cette semaine-là comptait trois jours chômés, mais, dans l'artisanat, les fils de patrons ne chôment pas ; Jean-Nicolas, dans son éternel costume noir, s'occupait encore du raisin lorsque les élèves et les valets s'égaillèrent : « À mardi ! »

Le dimanche, la cuisinière fut surprise d'entendre jouer sur le clavecin condamné. Vingt fois, trente fois, cent fois le même morceau.

Quelque chose d'insistant, d'angoissant, comme une respiration trop courte qui irait s'accélérant... Mais la cuisinière n'était pas musicienne. Elle ne croyait pas, non plus, aux revenants : depuis la mort de « Madame », seul Jean-Nicolas aurait pu tirer quelque chose de l'instrument; or, Jean-Nicolas se trouvait justement à la maison. Pourquoi s'était-il soudain mis au clavecin? Allez savoir! Pas plus qu'elle n'était superstitieuse, la cuisinière n'était curieuse : jamais elle ne s'interrogeait sur les sentiments de ses maîtres. Donc, elle ne s'inquiéta de rien et partit, comme convenu, passer deux jours à Pantin chez son fils, qui y était vigneron.

Le lundi soir, Baptiste revient de Compiègne; en chaise de poste et épuisé. Malgré sa fatigue, il va droit à l'atelier : *La Princesse au raisin* n'y est plus! Se peut-il que le Dauphin l'ait déjà envoyé chercher? Avant même que le travail soit sec? Troublé, Baptiste appelle Jean-Nicolas. La maison reste silencieuse. Un désert! Et un désert gelé, car personne n'a entretenu les feux... Évidemment, dès que son père a le dos tourné, Jean-Nicolas quitte l'atelier! Jean-Nicolas s'amuse! À le voir, avec son visage blême et son manteau noir, on pourrait le croire sérieux, mais bernique ! Voilà bien les jeunes gens ! On ne peut rien leur confier ! Et lui qui, en père aimant, rapportait de son voyage deux boîtes de berlingots... La lanterne à la main, il passe de pièce en pièce, effaré à l'idée que le portrait soit parti sans même être vernis. Dans la chambre de Sophie, où les volets intérieurs restent toujours poussés, il voit le clavecin ouvert — et, appuyé contre le pied de l'instrument, un tableau à demi caché sous un bout de drap : le voilà ! Il ôte le chiffon. Approche sa lanterne...

Seigneur ! Le désastre est pire que tout ce qu'il avait imaginé ! Il n'en croit pas ses yeux ! Comment peut-on gâcher une peinture à ce point ? Non seulement la princesse ne tient pas de raisin, mais elle n'a quasiment plus de main ! Le bras lui-même semble atteint ! Le poignet, tout au moins... Et la jupe, cette belle jupe jaune, a été tellement reprise sur la droite — à l'emplacement supposé des grains — qu'elle semble salie, ravaudée ! La jupe de la princesse est ravaudée ! Comme celle d'une souillon !

Baptiste s'éponge le front, soupire. Pose sa lanterne sur le parquet. Examine les dégâts. Autant il est impulsif — et même emporté — en paroles, autant il est flegmatique et précis quand il regarde une peinture. Quand il peint, aussi. Économe de ses gestes, détaché de son sujet, rapide dans l'exécution, glacial dans le jugement. D'ailleurs, peu inventif... Au fond, il ne s'est exalté qu'une fois : pour la robe « couleur de lune » de Sophie. Le reste, mon Dieu, tout le reste — hommes ou objets, vivants ou morts — n'est qu'affaire de métier... Longtemps il s'est rappelé en souriant cette brave dame qui, au premier Salon inauguré après la bataille de Fontenoy, s'était précipitée vers lui : « Oh, Monsieur, votre portrait des enfants du général Fabre, quelle beauté, quelle émotion ! C'est à fendre le cœur : ces trois orphelins face au buste de leur père, leurs pauvres visages, leurs mains enlacées, leurs regards... Comme vous avez su sentir leur chagrin ! Et comme vous avez dû pleurer en les peignant !

— Madame, on ne peint qu'avec les yeux secs ! » Et il avait poursuivi sa route.

« Les yeux secs », Baptiste prend la mesure du dommage : deux mois de travail pour rattraper ce barbouillage de collégien ! Deux mois ! Et que dire au Dauphin ? « Plus d'étrennes, Monseigneur ! »... Il voit maintenant comment l'accident s'est produit : le raisin a glissé trop bas, la main a voulu rattraper le raisin, il a fallu allonger le bras — la princesse, bien sûr, a perdu l'équilibre ! Gâcheur de toile ! Ma foi, au point où en était ce saboteur, il n'avait qu'à lui baisser aussi l'épaule, à cette pauvre fille, et à lancer l'autre bras en l'air pour faire contrepoids ! Pourquoi pas, hein ? Ah, le nigaud ! Des sottises de débutant ! Et le pire, c'était d'avoir tenté de les corriger. D'avoir voulu raccourcir le bras après l'avoir rallongé, et recouvrir, d'un nouveau pli de la jupe, la main maintenant dédoublée ! Et je te touille, et je te gratte, et je te brasse, et je te gribouille ! Pas étonnant qu'après un pareil exploit le coupable ait pris la fuite !

Baptiste se redresse en se tenant les reins. « Jean-Nicolas ! » hurle-t-il pour se soulager. Puis, malgré sa fatigue, il entreprend de rapporter le tableau dans l'atelier. Le fait pivoter. La lanterne éclaire alors le dessous du clavecin et la ruelle du lit...

En l'absence des serviteurs, le médecin — devenu depuis longtemps l'ami de la famille — a pu aider Baptiste à rhabiller le corps proprement. Et à nettoyer le sol. Par chance, il y avait peu de sang. Le jeune homme s'était porté les coups sous le mamelon, avec une grande sûreté de main : deux, qui avaient sans doute transpercé le poumon, puis un troisième, en plein cœur. C'est à l'intérieur qu'il avait le plus saigné.

Comme arme, il avait choisi un « ornement » de l'atelier : une épée de parade, assez courte, qu'on appelait « épée de trois quarts ». « Je ne vous cacherai pas, dit le médecin, qu'il est plus facile de viser juste avec une arme de cette espèce qu'avec une longue épée. Il me semble, néanmoins, que le malheureux n'aurait pu atteindre si aisément au cœur sans toutes ces années d'Académie qui lui avaient donné une idée très précise de l'anatomie. »

Il fut convenu que Jean-Nicolas était mort d'un transport au cerveau. Comme les enfants de « ce pauvre Monsieur V*** » n'avaient jamais eu de santé, personne n'en fut étonné. Quant au retard du portrait, Baptiste trouva, auprès du Dauphin, une excellente excuse dans la mort de son fils...

Plus tard il apprit que, tout l'après-midi du dimanche, Jean-Nicolas avait joué *Les Barricades mystérieuses* — car c'était bien, à n'en pas douter, de ces fichues *Barricades* qu'il s'agissait ! Il en voulut à Sophie.

Plus tard encore il découvrit, en rangeant la chambre de Sophie, des partitions que Jean-Nicolas avait recopiées, des « musiques » entrées dans la maison sous le manteau, comme des livres interdits : rien que des vieilleries, d'ailleurs, des soupirs de l'autre monde, un ramassis de mélancolies — *Le Petit deuil, Les Vieux seigneurs, Les Ombres errantes, Les Langueurs tendres.*

Mais il ne les jeta pas, et les emporta avec lui lorsqu'il dut déménager. L'appartement était devenu trop vaste maintenant : il lui suffisait de deux ou trois pièces, avec un grand atelier. Il les chercha au pied du Louvre, rue de l'Arbre-Sec, rue des Poulies, passage du Champ-Fleuri, dans le quartier de son enfance. Mais l'enfance est un pays où l'on ne revient jamais... Rue de l'Arbre-Sec, il ne retrouva pas les garnements qui jouaient avec lui dans le ruisseau, ni l'ancienne lanterne au carreau cassé, ni les cris du petit bossu qui vendait des oublies. Alors, il se rapprocha du Luxembourg, où il pourrait, au moins, voir plus souvent les Rubens. Dans son nouveau logement, rue du Four, il ne raccrocha pas le *Portrait de famille.*

Madame Oudry l'invita à passer l'été à Beauvais : « Pourquoi ne pas profiter de l'occasion pour pousser jusqu'en Flandre ? lui demanda Oudry.

— Parce que je suis trop vieux et que j'aime mes aises.

— Mais les Jan Steen, tu n'es donc pas curieux de voir les Jan Steen ? Et les Teniers ?

— J'en vois tous les jours puisque je vois des Chardin... C'est Van Dyck qui me manque : je crois bien que le public s'est dégoûté de ses princesses. Et même des belles dames de Watteau. Il leur préfère les maritornes ! »

Oudry vivait sur un grand pied : sa fortune dépassait maintenant celle que Largillierre avait amassée en son temps. Baptiste vécut dans la maison de ses amis comme un coq en pâte. Madame Oudry mettait tout en œuvre pour lui faire oublier ses malheurs : promenades, bonne chère, concerts, fêtes villageoises... V*** aima la campagne, ou ce qu'il prit pour la campagne. Il peignit un *Jeune enfant tenant des fleurs*, des colombes au bord d'une fontaine, un dessus-de-porte représentant une fillette avec des cygnes, et *Madame Oudry en bergère*. « Rassurez-vous, dit-il à son hôtesse quand il la fit poser, je ne suis pas comme Monsieur Boucher : dans mes portraits, je ne donne aux dames qu'un seul visage, celui d'en haut...

— Ce que j'aime en vous, Baptiste, c'est la raillerie... et votre palette, toujours aussi claire, jeune, gaie !

— Parce que ma vie est tragique, faudrait-il que ma peinture le soit ? »

En 1755, ayant exposé au Salon — outre un portrait du fils aîné du Dauphin — des portraits de grandes dames en tenue d'apparat ou en *Vénus*, V*** apprit que de jeunes confrères de l'Académie avaient traité ces tableaux de « peinture d'embellissement et de colifichets ». Il en fut malheureux.

Rentré chez lui, et voulant se rassurer, il sortit le *Portrait de famille* de la caisse où il était resté depuis le déménagement précédent. Il le regarda en peintre, n'y vit pas de « colifichets », trouva Sophie belle, et sa robe magnifique. Puis il le regarda en père : Pauline lui fit plaisir, elle lui parut encore plus émouvante que Marie-Charlotte ; mais Jean-Nicolas lui fit pitié. Baptiste ne comprit pas comment le peintre avait pu voir ce que le père, alors, ne voyait pas : le petit garçon du portrait était un enfant désolé — sourire contraint, visage creux, regard inquiet ; et son beau costume rouge, loin de l'étoffer, semblait l'écraser. Baptiste se souvint qu'il l'avait peint à l'époque où, quai de la Mégisserie, dans la chambre du fond, Marie-Charlotte et Sophie mouraient à petit feu. Mais le plus douloureux maintenant, c'était de voir ce garçon le pinceau à la main, prêt à retoucher avec art le portrait de son petit frère... V*** se dit — il s'efforçait toujours de se moquer — qu'il n'avait pas peint un bel enfant, comme il l'avait pensé, mais un crucifié. Un *Consummatum*... Il se le dit, oui, presque gaiement, puis il pleura. Pleura pour la première fois depuis la mort de Jean-Nicolas.

Quand il eut rangé son mouchoir, il comprit qu'il ne pouvait pas laisser le tableau dans cet état : le malaise de Jean-Nicolas déséquilibrait l'œuvre entière ; l'indifférence ou la joie des autres y prenait, par contraste, l'air d'une monstruosité. Il fallait repeindre ce garçon, retourner en arrière, revenir au bambin espiègle qui accusait son king-charles des fausses notes qu'il faisait au clavecin...

Dans les portefeuilles restés abandonnés le long des murs du nouvel atelier, il rechercha des dessins où il aurait représenté son fils dans ses premières années. Il finit par l'y retrouver, mais tout jeune — à peine trois ans. Encore n'était-il pas bien sûr de le distinguer de ses sœurs : les garçons de cet âge ont des visages de filles et ils portent la robe... Il fit un choix des meilleures sanguines et décida de peindre son fils de face, en robe rouge, avec ses boucles de bébé, ses gros yeux noirs, et ses mains rondes encore incapables de saisir le pinceau que Marie-Charlotte lui tendait. Tout au long de l'année, entre deux visites à Monsieur de Marigny, deux portraits en pied, deux formats de cabinet, il effaça la souffrance de Jean-Nicolas.

Au premier plan du *Portrait de famille*, devant ses sœurs, et plus jeune qu'elles toutes, trône désormais un bébé de deux ou trois ans. Fort et confiant... Pourtant, ce qui nous frappe, c'est moins sa solidité, la profondeur de son regard, ou le rouge vermillon de sa robe, qu'un énorme bourrelet de velours noir enfoncé sur sa tête comme un bonnet. Il s'agit, certes, du bourrelet traditionnel par lequel on protégeait les jeunes enfants contre les chutes ; mais on le voit rarement dans les portraits, et presque jamais sans qu'il soit accompagné du béguin coloré auquel on l'assortissait — rose dans le *Bénédicité* de Chardin, rouge et blanc dans sa *Maîtresse d'école*, bleu dans le *Duc de Bourgogne* par Nattier... Ici, le bourrelet est porté sans bonnet, il est noir, d'un noir très vif, et si large, si épais qu'il cache presque les cheveux de l'enfant. Ce n'est plus un tortillon, c'est une armure de tête ! V*** a peint un enfant casqué : aucun accident ne pourra lui arriver.

En 1755, Baptiste perdit son meilleur ami : Oudry mourut. C'est la même année que Greuze exposa pour la première fois au Salon ; trois tableaux : un *Père de famille qui lit la Bible à ses enfants*; un pauvre *Aveugle* honteusement trompé ; et quelque autre scène de genre, chargée d'intentions. Cette même année encore, V*** fit la connaissance de Chardin : le célèbre peintre « dans le goût flamand » venait d'être élu trésorier de l'Académie ; on lui avait aussi confié l'« arrangement » des Salons. V*** lui rendit une visite de courtoisie : au Salon, Baptiste n'avait jamais eu à se plaindre de la place qu'on lui donnait — depuis seize ans, ses accrochages étaient excellents ; depuis qu'il peignait la famille royale, exactement... On aurait pu — la méchanceté des concurrents est sans bornes — tâcher de mettre V*** dans un coin, mais on ne pouvait pas y mettre le Roi. V*** n'avait donc rien à solliciter de Chardin. Sa démarche était de pure forme ; et de voisin à voisin : Siméon Chardin habitait encore rue Princesse. Il comptait rester un quart d'heure.

Il passa trois heures. Et revint le lendemain. À la grande surprise des deux hommes, il y avait eu coup de foudre, et coup de foudre réciproque.

Cette amitié n'étonna pas qu'eux. Le public averti — celui des riches collectionneurs, des amateurs — en fut stupéfait : pouvait-on rien imaginer de plus différent que leurs tableaux ? Chez l'un, des tons assourdis, toute la gamme des bruns, de larges empâtements ; chez l'autre, la fluidité, la touche invisible, les couleurs riantes. Et quant aux sujets, c'étaient, d'un côté, les cuisines, et, de l'autre, les palais. Mais les deux peintres — seuls de leur temps ? — semblaient croire que le sujet ne fait rien à l'affaire... Sans doute aussi, Chardin ayant commencé à abandonner ses « figures » (que V*** jugeait si maladroites) pour revenir aux « natures inanimées », le portraitiste des princesses put-il faire marcher son estime avec son amitié ?

Ce fut l'âge, cependant, qui les rapprocha le plus : ils s'aperçurent ensemble qu'ils étaient vieux. V*** commençait à souffrir de douleurs du bras et du dos qui l'obligeaient à réduire la taille de ses tableaux pour les peindre assis ; Chardin, quoique plus jeune de dix ans, devenait dur d'oreille et ressentait, au contact des liants et des pigments, les premières atteintes d'une maladie d'yeux qui devait attrister la fin de sa vie. Tous deux se sentaient fatigués, et un peu las de voir le monde tourner. D'ailleurs, ils ne comprenaient plus la « jeunesse » : avec son fils unique, V*** n'avait connu que des malheurs, et Chardin rencontrait bien des déboires avec le sien, tout Grand Prix de l'Académie que ce garçon fût devenu ; le père et le fils en étaient aux procès... Non, ils ne comprenaient plus la jeunesse et ils ne l'aimaient pas : quelquefois, quand V*** accompagnait Chardin au Louvre pour préparer les accrochages du Salon, ils riaient ; tout bas, parce que V*** n'était pas bien méchant et que Chardin, dans ses nouvelles fonctions, faisait profession d'indulgence — « il y a deux ou trois mille malheureux qui voudraient bien avoir peint le plus mauvais des tableaux qui entrent ici ! » ; quand même, ils ne pouvaient s'empêcher de sourire devant certaines œuvrettes à la mode ; ainsi virent-ils arriver un jour une petite peinture sobrement intitulée *Une mère, ayant surpris une cassette qui renfermait un portrait, des lettres et des bijoux, fait les plus vifs reproches à sa fille, laquelle, malgré l'apparence de son repentir, reçoit encore une lettre qu'une servante lui donne en cachette, tandis que le père cherche à lire les sentiments de sa fille dans ses yeux, et que la grand-mère lit une de ses lettres.* « Ma parole ! dit V*** en feignant l'admiration, ce n'est plus un petit tableau, c'est un grand roman ! »

Est-ce pour cette raison — l'excès de littérature — que Baptiste détesta Greuze ? Ou bien parce que ce peintre, à la réussite si rapide, avait trente ans de moins que lui ? En tout cas, il s'enflamma contre le jeune homme, comme il s'enflamma bientôt contre toute la « peinture morale ». Sans cesse paraissaient chez les libraires des *Lettres sur le Salon, Jugement sur les tableaux exposés, Examen des principaux ouvrages, Réflexions sur l'état présent des beaux-arts*, et ces gens de plume, qui se mêlaient maintenant de donner leur avis sur la peinture, le donnaient sans ménagement et « littérairement ». Ils ne connaissaient rien à la pratique mais pépiaient autour des tableaux, y donnant même un coup de bec de temps en temps. Les peintres eurent beau s'indigner de ces insolences et en appeler au Roi, Lafont de Saint-Yenne (que Baptiste avait surnommé « sainte Hyène »), puis Fréron, dans son *Année littéraire*, puis Marmontel, s'y mirent l'un après l'autre. Volées de flèches et volées de bois vert. Pourtant, quand Greuze parut, les plus impertinents de ces « salonniers » s'avouèrent charmés — sa peinture n'avait-elle pas toutes les qualités d'une comédie bourgeoise ? Tour à tour, le baron Grimm et le jeune La Harpe l'encensèrent. Mais, pour V***, la mesure fut comble quand, dans la *Correspondance littéraire*, un périodique manuscrit dont les copies réjouissaient les cours étrangères, Diderot s'en mêla : « C'est mon homme que ce Greuze ! D'abord le genre me plaît : c'est la peinture morale. Le pinceau n'a-t-il pas été trop longtemps consacré à la débauche et au vice ? » (Autant pour François Boucher ! Baptiste, à tort ou à raison, le prit aussi pour lui : n'avait-il pas inventé autrefois, pour plaire aux roués de la Régence, le déshabillé exotique ?) Et le philosophe de conclure : « Ne devons-nous pas être satisfait de voir le pinceau nous toucher, nous instruire, nous corriger, et nous inviter à la vertu ? Courage, mon ami Greuze, fais de la morale en peinture ! » L'argument est inusable, il resservira — pour justifier la peinture romaine et républicaine de David, le succès rural de Millet sous Méline, et le radieux « réalisme » soviétique... V*** se fâcha : « Traite-moi de sot si tu veux, dit-il à Chardin en lui rendant sous le manteau sa précieuse copie, mais, pour moi, la morale n'a pas plus à entrer dans un tableau que dans un ragoût ! Monsieur Greuze et Monsieur Diderot peuvent "moraliser" à leur aise : je suis saucier ! »

Un autre jour, revenant sur le sujet, « Tout est ta faute, Siméon, dit-il, si tu n'avais pas commencé à nous prêcher avec ton *Bénédicité*...

— Accorde-moi que ce *Bénédicité* a vingt ans ! Depuis, je suis revenu aux pommes dénuées d'arrière-pensées et aux bassinoires sans histoires...

— Mais le mal était fait ! À dire vrai, je n'en voudrais pas tant à ce Greuze qui nous menace d'un déluge de "moralités", de *Père avare* et de *Fils prodigue*, non, je ne lui en voudrais pas tant s'il savait ce qu'est la couleur ! Mais toujours de l'olivâtre, du gris roussi, du mauve pisseux, des teints cireux... Au moins, Boucher, tout polisson qu'il est, nous donne du rouge ! Et du bleu ! »

Baptiste avait la maladresse dans le sang. Car enfin son nouvel ami, pas plus que Greuze, ne raffolait des couleurs vives ! Chardin prit la controverse assez doucement : « Et qui t'a dit, Baptiste, qu'on peignait avec des couleurs ?

— Si l'on ne peint pas avec des couleurs, avec quoi peint-on ?

— On se sert des couleurs, mais on peint avec le sentiment...

— Le sentiment ? Le sentiment ! Et pourquoi pas le "naturel" tant que tu y es ! Je vois bien que tu veux protéger Greuze parce qu'il a déjà, n'est-ce pas, toutes les autres protections... »

Chardin, né timide et prudent, s'inclinait toujours devant la nouveauté — reine des cœurs — et devant les puissants. La marquise de Pompadour, maîtresse du Roi, protégeait

Greuze ; son frère, Marigny, collectionneur enragé, était l'un des meilleurs clients du jeune peintre ; comme Marigny se trouvait, en outre, directeur des Bâtiments et « tuteur » de la peinture française, il n'y avait vraiment aucune raison de ne pas aimer ce qu'il aimait... Sans compter que Greuze professait en public le plus grand respect pour Chardin, et que Diderot, son thuriféraire, tressait des couronnes à l'homme du *Bénédicité* : pourquoi Monsieur Chardin serait-il parti en guerre contre le protégé de Monsieur Diderot puisque Monsieur Diderot avait assez de goût pour l'encenser aussi ? Bien qu'il ne fût pas plus que V*** soucieux de « moraliser » en peinture, Chardin s'abrita derrière ses fonctions académiques pour ménager la favorite, les critiques, et le public : très vite, il donna au petit Greuze, étoile montante, la place que lui méritaient au Salon les enthousiasmes qu'il déchaînait au-dehors. Cette bonne place — à hauteur d'œil, au centre du panneau, et au milieu de voisins choisis médiocres tout exprès —, V***, d'année en année, s'en éloignait.

Depuis 1756, en effet, il n'a plus de commandes de la Cour : la France est en guerre. Une guerre qui va durer sept ans. Et que nous ne gagnerons pas tout à fait... Les caisses du Trésor sont vides : plus de portraits ; on se borne à réencadrer les anciens ou à les recopier; pour les cadeaux entre familles royales, on va même jusqu'à ne plus demander les « belles répliques » au peintre de l'original — trop cher! —, on lui achète seulement les « têtes », la Surintendance des Bâtiments fait exécuter le reste à moindres frais par ses employés... Quant aux arriérés, n'en parlons pas! V***, après bien des lettres et des déplacements, obtient de temps en temps une créance sur les États de Bretagne, à trois pour cent l'an. Ce « trois pour cent » est tout son potage... Il n'est pas encore dans la misère, mais il doit retrouver des commandes privées. Il a soixante-huit ans, des rhumatismes, et des bésicles. Pendant ses années de Cour il a tellement négligé sa clientèle particulière que Paris l'a presque oublié! Seules, les dames de province lui demandent encore leur portrait; quand elles passent par la capitale, elles s'arrêtent rue du Four : ce Monsieur V*** n'a-t-il pas peint la Reine? Elles ont vu la gravure... V***, peintre du Roi, peint une baronne de Limoges, une sénéchale carcassonnaise, des « présidentes » de Rennes ou de Grenoble.

Aux deux Salons suivants, il a encore quelques princes à présenter (des portraits commandés avant la guerre), on n'ose pas le reléguer dans un coin. Le *Mercure de France* lui rend hommage, mais brièvement : « On a vu quelques portraits de Monsieur V***, bien peints et très gracieux. » Dans son *Observation sur les œuvres de Messieurs de l'Académie*, un critique publie, lui, que « son coloris est incertain » et qu'il n'est pas toujours « heureux dans les ressemblances », un autre, que « ses habillements sentent le mannequin ».

Ce qui est faux : ses portraits d'apparat sentent l'habit de Cour; on devine, sous les dentelles d'or, le grand corset, la pièce d'estomac qui comprime la poitrine, la pointe du busc qui meurtrit le ventre, et les paniers « jansénistes » à armature d'acier, si raides et encombrants qu'ils ne passent plus dans les portes. Ah, ce ne sont pas ces pauvres princesses qu'on trousserait comme des bergères! Curieusement, l'inventeur du travesti fantasque est devenu, avec le portrait officiel, un réaliste. Un réaliste « aux yeux secs »...

Mais personne ne s'en doute. Pas même lui! Depuis que Chardin lui a parlé de « sentiment » dans la peinture, il a ressorti son portrait de famille, constaté que Sophie y manquait d'expression. Elle est trop froide. Une affaire de regard... Il faudrait mettre dans ses yeux plus de rêverie. Éprouver ce qu'elle éprouvait. Se demander ce qu'elle éprouvait... Sa femme est morte depuis vingt ans, et

Baptiste commence juste à s'interroger : brusquement, il voudrait tout reprendre, tout retoucher. Tout recommencer. Pourquoi Sophie aimait-elle la musique ? Qu'a-t-elle senti quand Claudine est morte ? Dans le coffre où sont rangés les derniers vêtements de sa femme, il a recherché la bague de brillants roses qu'elle porte sur le tableau ; il la passe à son petit doigt ; comme un talisman. Espère-t-il, en tournant l'anneau, retrouver celle qu'il aimait ? Lire dans son âme ? En tout cas, il ne quittera plus cette bague jusqu'à sa mort.

Il se souvient. Veut se souvenir. Puisqu'il a gardé le clavecin, il paye une musicienne pour venir jouer chaque soir pendant une heure. Il lui a donné les livres de musique de Sophie, les petites pièces qu'elle composait, et les partitions recopiées par Jean-Nicolas : il veut qu'elle joue tout. Sauf *Les Barricades mystérieuses.* Il écoute. Soir après soir, pendant deux mois, il écoute. Est-ce qu'il comprend ? Qu'est-ce qu'il comprend ?... Il repeint. Repeint les yeux de Sophie. Difficile de reprendre les yeux d'un portrait sans toucher au reste. De déplacer la « flèche de la cathédrale » sans ébranler la voûte... Il y parvient, pourtant : Sophie, toujours aussi jolie, n'a plus maintenant ces yeux de grenat sombre — « d'escarboucle », dit-on dans les contes — qui vont de pair avec les robes « couleur de lune » ; elle a des yeux gris, voilés. Pleins de larmes retenues : on dirait qu'elle pressent le sort des beaux enfants qui jouent à ses pieds. Ce regard triste et doux, V*** n'y a mis — il est prêt à en jurer — ni plomb, ni céruse, ni cyanure de fer, ni noir de carbone : que « du sentiment » !

Le sentiment est plus toxique pour un peintre que le sulfure d'arsenic ou l'antimoine : V*** ne tarde pas à s'en apercevoir... Il lui faut, pour éliminer le poison, faire un tour à la Galerie du Luxembourg, marcher le long de la Seine ou souper chez Chardin. Car, depuis qu'il a fait rouvrir le clavecin, c'est surtout à l'heure du souper qu'il souffre. À chaque cuillerée qu'il prend, il croit entendre une petite voix qui l'encourage, sur sept notes : « Mange, Pauline, il faut manger. » Au moment des repas, pour faire taire cette voix, il cherche de la compagnie, va au cabaret, au café. Mais il n'a pas faim : « Mange, Pauline, il faut manger »...

Deux fois par semaine maintenant, il soupe chez les Chardin. « Souper chez Chardin ? Eh bien, vous n'avez pas peur, mon cher V***, ironise un académicien, car vous ne mangerez pas gras ! » Le couple Chardin s'est fait une solide réputation d'avarice. Baptiste n'y vient d'ailleurs pas sans être accompagné d'une ou deux bonnes bouteilles ; du chablis, du chambertin ; ses malheurs lui ont ôté le goût du pain, pas celui du bon vin. Avec ses dernières économies, il met de la couleur dans les carafes... Il aime aussi la propreté simple de la grosse Madame Chardin, sa coiffe blanche, ses tabliers — elle lui rappelle sa mère. Même si, bien entendu, elle est plus jeune que lui... Après le souper, à la belle saison, les deux peintres font le tour du pâté de maisons. Comme deux voisins de boutique. Ils n'ont jamais eu de voiture, jamais de laquais. Et, si V***, qui finit d'user les beaux costumes de son temps de Cour, s'habille avec plus de recherche que Chardin, ni l'un ni l'autre ne jouent les importants.

Fils de billardier et de vergetier, ils n'appartiennent pas à ces grandes familles de la peinture — les Coypel, les Van Loo, les De Troy, les Boucher, les Nattier — qui, à chaque génération, régentent l'Académie, raflent les places et les commandes, dans les « grands genres » ou dans les « petits ». Eux sont montés seuls, et ils n'ont même pas réussi à fonder une dynastie : Jean-Nicolas, bon, ne parlons plus de Jean-Nicolas... Quant à Jean-Pierre Chardin, que son père, malgré leurs démêlés, avait réussi à pousser jusqu'à l'École royale des Élèves protégés, il vient de trouver le moyen, en rentrant de Rome, de se faire enlever à Gênes par des corsaires anglais ! « Qu'allait-il faire dans cette galère ? » Le père est persuadé que le fils est de mèche avec ses ravisseurs, et qu'à défaut d'obtenir, par ses plaintes et ses procès, l'argent qu'il réclame, il l'obtiendra par sa rançon. De toute façon, le pauvre garçon n'est pas un as du pinceau : son père le sait, et le fils sait que son père le sait.

Ils traversent le jardin du Luxembourg à pas lents, s'accoudent à la balustrade, caressent les statues : « Celui qui ne sent pas la difficulté de l'Art ne fait rien de bon, soupire Chardin. Mais celui qui la sent trop tôt — comme mon fils — ne fait rien du tout ! Rien ! »

Ils sont vieux ; ils regardent les roses : « Je ne mets plus de fleurs dans mes portraits, dit V***. J'ai peur qu'elles fanent avant que j'aie passé le vernis ! Je suis devenu si lent...

— Bien assez rapide, à mon goût...

— Oh, toi, tu regardes un oignon pendant des semaines avant de toucher à ton pinceau !

— J'attends de le voir autrement. Et d'oublier la manière dont les autres l'ont fait.

— Tu attends de tomber amoureux. Avoue,

Siméon ! Amoureux de ton oignon ! Le "sentiment"...

— Le sentiment... Pourquoi pas ?

— De toute façon, les personnes ne se laissent pas traiter comme des oignons ! Imagine qu'humble portraitiste j'aie demandé au Roi de rester assis devant mon chevalet pendant des semaines jusqu'à ce que je ressente pour lui de l'amitié... !

— Mais la vérité, Baptiste ? Tu attendais au moins d'attraper sa vérité ?

— Quelle vérité ? La vérité d'un prince ? Ne me fais pas rire ! Et puis la Vérité, moi, j'ai toujours envie de lui dire : "Ôte-toi de là que je m'y mette" ! »

Ils respirent les roses. Ont-elles une vérité ? En tout cas, elles n'ont pas d'avenir. Et ils n'aiment plus l'avenir. « Si mon pauvre Oudry voyait quel odieux atrabilaire son fils est devenu ! dit V***. Un garçon qui paraissait si gentil ! Parce que je l'ai connu tout petit, tu sais...

— Mon fils aussi, je l'avais connu tout petit », dit Chardin.

Ils sont vieux. Se traînent dans les allées. S'arrêtent sous les marronniers. Ne sont plus si pressés. Chardin a quelques économies, des maisons, des pensions, il peint deux ou trois tableaux nouveaux dans l'année — une brioche, un verre d'eau — et se borne, pour les Salons, à produire des « répétitions » : des copies, avec de minuscules variantes, de ces petites scènes de genre qui l'ont rendu célèbre dans l'Europe entière. V***, lui, n'obtient que de rares commandes et il n'a plus d'élèves (enfin, de « vrais » élèves) pour l'aider à l'atelier ; bientôt, il renverra l'apprenti qui prépare ses couleurs et range ses brosses ; il composera lui-même sa palette. Déjà, pour améliorer l'ordinaire, il donne quelques leçons de dessin à des dames mûres.

Ils sont vieux. L'hiver, après un souper frugal, arrosé d'un bon bourgogne, ils restent au coin de la cheminée. Madame Chardin fait des économies de bouts de chandelles : après le repas, elle n'allume pas les flambeaux, se laisse éclairer par le feu. « Chez nous, quand j'étais enfant, dit V***, nous faisions la même chose ».

Ils se souviennent du Grand Roi, de son enterrement. C'est V***, le plus vieux des deux, qui s'en souvient le mieux. « Sais-tu, Chardin, à quel âge j'ai fait mon premier Salon ? Quarante-sept ans... Alors, quand j'apprends que le fils d'Oudry trouve indignes de son génie les places que tu lui attribues... ! »

V*** n'aime plus la jeunesse, et la jeunesse ne l'aime plus.

Au Salon d'après, il ne présente que trois tableaux. Habilement, il a glissé dans le lot un ancien portrait de Madame Infante, qui vient de mourir : c'est l'assurance de ne pas être repoussé dans un angle trop mal éclairé... Mais V*** a soixante-treize ans, et chacun sait, désormais, qu'il n'a plus de protecteurs : pour la première fois, les libellistes l'attaquent au grand jour : « Le portrait de feu Madame Infante *en grand habit de Cour dans un palais orné* est détestable. Qu'on trouve le costume bien rendu, peut-être... Mais le corps, le visage, les proportions ! Cet homme-là n'a donc point d'amis qui lui disent la vérité ? » Les gens de lettres n'ont jamais vu Madame Infante ; philosophes et critiques n'ont aucune occasion de rencontrer les princes ; comment sauraient-ils que V***, le peintre des « enjolivures », est assez exact dans ses portraits d'apparat — Madame Infante avait en effet ce visage hommasse, ces bras trop courts, et la taille aussi marquée qu'un petit pois... Quant aux deux autres portraits (des Vénus de province), les chroniqueurs de *L'Avant-Coureur* ne les épargnaient pas non plus : on leur reprochait une absence de « naturel », un excès « d'afféterie », et des « yeux pleins de volupté, pour ne pas dire plus ! ».

V*** la sentait venir, cette offensive : depuis l'histoire du *pinceau consacré au vice* ! Mais le malheur passe toujours notre espérance. Affolé, il courut chez son ami — enfin, il marcha plutôt, et même assez longtemps, car Chardin avait déménagé pour occuper, sous la grande Galerie du Louvre, au numéro douze, un logement de fonction. Les deux peintres se voyaient moins : le Louvre est loin du Luxembourg quand on est perclus de rhumatismes et qu'on va à pied. Et puis Baptiste devait faire un détour pour éviter le pont d'où son fils aimait regarder la Seine autrefois...

« Qu'ont-ils contre moi, ces plumitifs ! Que leur ai-je fait ?

— Mais rien, Baptiste ! Sans doute savent-ils que tu n'aimes pas mon voisin » (le petit Greuze venait aussi d'emménager sous la Galerie, au seize). « L'as-tu assez dit, hein, que tu ne l'aimais pas ! À toute l'Académie ! Eh bien, eux n'aiment plus les portraitistes, et ils le disent ! Vois ce qu'écrit D'Aigremont dans sa gazette de la semaine dernière : "Le portrait ? Voilà bien des coups de pinceau superflus ! Dans cinquante ans, quand les 'originaux' ne subsisteront plus, tous ces prétendus chefs-d'œuvre seront perdus !" Quant à Diderot, il me disait, hier encore, qu'on ne peut fixer sur une toile l'âme changeante d'un homme...

— Peuh ! Des idées de philosophes !... D'ailleurs, quand cela serait, ne resterait-il pas la touche, la composition, les couleurs ? Non, D'Aigremont, ce pisse-froid, veut me "moraliser" : *des yeux pleins de volupté, pour ne pas dire plus* ! Il est fâché que j'aie peint les maîtresses du Régent, que j'aie représenté les jeunes filles de la bonne société en tuniques légères, et des mères de famille avec le sein dévoilé ! Pourtant, Monsieur Greuze le dévoile bien, lui, le sein des mères de famille ! Seulement, c'est toujours à la campagne, et sous prétexte qu'elles allaitent... Tartuffes ! *Pas d'ami pour lui dire la vérité* : pas d'ami pour me reprocher, sans doute, d'avoir peint Madame de Séry court-vêtue et me prévenir que Monsieur D'Aigremont s'en souvient ?

— Voyons, Baptiste : personne ne s'en souvient. C'est si loin ! En ce temps-là, D'Aigremont n'était pas né... Ne lis plus ces sottises, fais comme moi : va ton train ! »

Il en parlait à son aise : son train, à lui, était excellent — six pièces au Louvre, une femme aimante, une pension du Roi, une position officielle, et l'estime générale ; le train de

Baptiste était plus modeste. Est-ce là ce que Chardin lui-même voulut souligner lorsque, feignant de consoler V*** accablé, il lui dit, à l'instant de le quitter : « Des soucis pour rien, mon pauvre ami : ces gazettes ne sont pas lues dans les provinces... »

Comme chaque fois qu'il doutait de lui-même, V*** ressortit son *Portrait de famille.*

D'abord, il regarda sa femme — c'était sa robe qui tirait l'œil, ce jaune glacé qu'on voyait du fond de l'atelier. Quand il se fut gorgé de cette couleur, il remonta jusqu'au visage, qu'il interrogea en spécialiste, en homme auquel « on ne la fait pas » : eh bien, non, Sophie ne soupçonnait rien ! De quel débordement de « sentiment » avait-il pu tirer l'idée contraire ? Sophie ne regardait même pas ses enfants ! Assise au clavecin, c'est vers le spectateur qu'elle tournait les yeux ; et ces yeux ne brillaient pas de larmes prêtes à couler — sottises ! billevesées ! superstitions ! —, ils brillaient parce que son mari avait osé mêler une goutte d'argent pur au gris de sa prunelle ! Protégée par sa robe « couleur de lune » et ses yeux argentés, Sophie n'avait rien vu, rien su, de ce qui menaçait les siens. Dieu merci !

Et les enfants ? Les enfants aussi étaient parfaits ! Tous ignorants, tous confiants, comme des agneaux qu'on mène chez le boucher ! Mais, pour autant, rien de pâlichon là-dedans : ardents au contraire, flamboyants, ces innocents que la vie allait égorger ! Robes rouges ; cheveux d'or ; mines roses ; et corps vifs qui les entraînaient, comme dans une ronde, du portrait de Pierre au portrait de Claudine, du portrait de Claudine au portrait de Pierre. Des enfants remuants, conquérants, en pleine santé ! Et Jean-Nicolas, qui est le plus jeune, n'est pas le dernier à s'agiter : on sent la force de ses reins sous le plissé de sa robe, c'est un Hercule, mais un Hercule dont la joue porte encore le duvet des nouveau-nés ; trop lourd déjà pour être pris dans les bras, il aimerait, n'est-ce pas, qu'on caresse sa joue... Le front têtu sous son bourrelet de velours, cet athlète aux yeux tendres ne doute de rien ! Pas même de son charme ! D'ailleurs que craindrait-il ? Son père n'est-il pas là, au fond du tableau, pour le protéger ?

C'est lui, le peintre avec sa palette, au deuxième plan, qui les protège tous, en effet. On ne le remarque pas au premier regard, mais il a tout organisé : paré Sophie, embelli Pauline, préservé Claudine, équipé Jean-Nicolas d'un bourrelet... « Il » ? Qui ? Qui, au fait ? Ce bellâtre en grande perruque ? Cet étranger en costume de Cour doré sur tranches ? Ce fat au sourire satisfait, à l'œil qui frise, à la palette avantageuse ? Mais comment pourrait-il protéger la femme et les enfants du tableau puisqu'il ne les connaît pas ! Et ne sait rien, non plus, de la vie qui détruit et du temps qui use... S'il n'a rien compris, que pourra-t-il empêcher ?

Maintenant, Baptiste voit ce qui ne va pas dans le *Portrait de famille* : lui ! Lui tel qu'il fut. Pour ramener la paix dans le tableau, installer ceux qu'il aimait dans une chaude éternité, il doit se représenter tel qu'il est devenu. En vieux sage ? Non. Mais en vieillard qui se repent et se repeint.

Premier changement : la coiffure. Impossible de garder cette longue perruque in-folio qui fut tellement à la mode autrefois qu'elle paraît encore plus ridicule aujourd'hui ! Il se coiffera comme il le fait désormais pour sortir dans la rue : une perruque grise, courte, à trois rangs de boucles — la coiffure d'un petit notaire ou d'un maître-horloger.

Le visage ? Ah, bouffi, le visage. Un tabellion boursouflé. Un de ces tristes gratte-papier qu'on croise dans les cours du Palais, voilà à quoi il ressemble ! Blanc. Mou. Gras, surtout — alors qu'il ne se nourrit que d'un peu de pain et de quelques fruits (« Mange, Pauline, il faut manger »). C'est la conséquence d'une vie d'atelier : manque d'air, manque d'exercice. Un gras-double avec des petits yeux ! Et que diront ces yeux-là ? Il suffit qu'ils soient attentifs : il se présentera de trois quarts, et sa paupière affaissée cachera un regard vigilant, dirigé vers ses enfants. Car ce n'est plus le spectateur qui retient son attention : il veille sur sa famille...

Quant au costume, il ne compte pas garder le riche velours dont il s'était paré — pourquoi pas un manteau de pourpre, tant qu'il y était ! Tout cela rappelle trop la Cour. Or, se disait-il, « si je n'avais pas été le portraitiste du Roi, je n'aurais pas passé mon temps hors de chez moi, et si je n'avais pas passé mon temps hors de chez moi... ». Il se peindra en tenue d'atelier : une robe de chambre entrouverte sur une chemise salie, et un foulard tortillé autour du cou.

Avec des gestes mesurés, il esquisse une forme plus lourde, plus tassée, qui recouvre peu à peu les chamarrures du justaucorps violet (on les redécouvrira deux siècles après, grâce à l'infrarouge et aux rayons X). Un vieillard peint un vieillard. En silence. Sans tourment ni halètement. Jamais il n'a souffert en peignant : est-ce qu'un menuisier souffre en menuisant ? Au contraire : il sourit. Avec malice. Car il s'est ménagé une bonne surprise, le vieillard ! Un plaisir de prince : pour qu'elle se marie mieux à la robe « couleur de lune », il va donner à sa nouvelle tenue la couleur du temps ! Et le conte se refermera sur lui-même...

Le temps, de quelle couleur est-il ?

Baptiste se rappelait le refrain que Madame d'Aulnoy, dont il avait lu les livres à ses enfants, mettait dans la bouche d'un de ses personnages : « Oiseau bleu, couleur du temps, vole à moi promptement ! » Le temps serait-il bleu ? Dans un autre conte pourtant, celui de *Peau d'âne*, l'héroïne quittait une robe « couleur de ciel » pour enfiler une robe « couleur du temps » : comme les conteurs ignorent les ciels verts ou roses des peintres, celui-ci, en opposant le ciel au temps, disait clairement qu'à ses yeux le temps n'est pas bleu.

Brun, alors ? Non plus. Pas pour Baptiste, du moins. Depuis qu'à douze ans il avait travaillé à produire en série des *Pietà* et des *Descente de Croix*, il détestait le bistre et le terne, le triste et le terreux. Au point d'avoir réinventé la toile blanche de Rubens — préparation de colle de peau au blanc d'Espagne —

dans une époque où tout le monde partait d'une toile brune... Et puis il sent bien que le temps ne se pose pas sur les gens à la manière d'un vieux vernis ! Rien de si lisse, rien d'uni.

Gris, gris léger, le temps pourrait être gris léger — comme l'eau, comme la tourterelle, comme un Pierrot de Watteau. Un gris mêlé. Satin changeant. Écorce de bouleau. Moire et miroir. Pluie et vent. Avec des taches, des bigarrures. Le temps revêtirait le peintre d'un large manteau d'accrocs, d'une écharpe d'écailles dont chacune apporterait sa nuance à la lumière de l'ensemble.

Dans les plis de la robe d'atelier que Baptiste, du bout du pinceau, drapait autour de son corps alourdi, il fit, à petites touches, le portrait du temps.

Quand il eut peint, autour du cou, le foulard roux et passé un dernier glacis sur le tout, il regarda son œuvre avec détachement et vit que l'harmonie du tableau semblait changée : les rapports d'âge entre les personnages étaient intervertis, ou leurs différences, exagérées ; tous les enfants, sauf Pauline, avaient moins de cinq ans ; leur mère, éternelle jeune fille, n'en dépassait pas dix-huit ; quant au vieillard, au second plan, il avait l'air d'être le grand-père de tout le monde — c'est bien ce qu'il était devenu.

Les Salons passaient désormais sans qu'il y présentât rien. La guerre était finie, mais son « commerce » n'avait pas repris : le Trésor restait exsangue; et ses acquéreurs habituels avaient tous disparu : morts, l'un après l'autre, la première Dauphine, Madame Infante, la Reine, le Dauphin, la deuxième Dauphine, leur fils aîné... Et même cette favorite qui ne l'aimait pas! Il y en eut une autre, évidemment. Plus coûteuse. Le ministre des Finances décida de faire banqueroute : V*** perdit les deux tiers des rentes qu'il avait gardées.

À Paris, le triomphe de la « peinture morale » ne se démentait guère : un apothicaire du quartier, dont V*** avait peint les deux filles, lui demanda une *Visite chez les grands-parents, qui grondent la plus jeune des fillettes pour avoir dérobé un bonbon*; un médecin de la rue Croulebarbe voulut un *Sentiment de l'Amour et de la Nature, cédant pour un temps à la Nécessité* — interprétation libre; une grosse veuve, qui habitait à trois maisons de chez lui, paya d'avance, et fort bien, pour *Un chien obéissant.* Seule la peinture du chien amusa Baptiste : elle lui rappelait ses débuts...

Tant bien que mal, et en pestant, il exécutait — c'est le mot — ce qu'on lui avait commandé, pendant que Greuze, au sommet de sa gloire, remplissait le Salon du Louvre de *Paralytique soigné par sa famille*, de *Fils ingrat*, de *Fils puni*, et de *Consolation de la vieillesse*.

Pire : V*** eut le temps de voir revenir la peinture d'histoire, dont Joseph Vien, depuis quinze ans, s'était fait le champion. Et Vien triomphait, car le nouveau Surintendant des Bâtiments l'appuyait. Ce directeur osait même s'en prendre au vieux Chardin : « Certes, vos ouvrages prouvent vos soins dans le genre qui est le vôtre, mais vous devez convenir que vos études n'ont jamais exigé un temps aussi considérable que celles de vos confrères qui ont suivi les grands genres »... Réduction de pension ! Et l'accrochage des Salons, confié à Vien !

Pour V***, la peinture d'histoire et la peinture morale, c'était du pareil au même : seul changeait l'habit des héros. Pour le reste, toujours des idées et des leçons, du pensant et du bien-pensant. Or, Baptiste, qui, longtemps, n'avait pas remis en cause les hiérarchies de l'Académie par peur de s'attirer des ennuis, par crainte aussi de se fier à son propre jugement quand ce jugement n'allait pas dans le sens de l'« opinion », Baptiste n'hésitait plus — maintenant que l'oisiveté lui avait rendu sa liberté — à trouver la peinture d'histoire ennuyeuse. Pire : disgracieuse. Avec ses poses dramatiques et ses mimiques exagérées, elle singeait le mauvais théâtre. Où était l'agrément là-dedans, la légèreté, le plaisir ? Où était la musique ? Tout en admettant qu'il pouvait être plus difficile de peindre une *Bataille de Marathon* qu'un jambon, il osait, à quatre-vingts ans, ne plus admirer V*** l'aîné : de sa peinture emphatique il ne sauvait qu'une petite *Vénus dévoilée à Vulcain*, accrochée dans son antichambre ; les deux ou trois autres tableaux de Nicolas V*** — qu'il avait autrefois rachetés à grands frais — restaient posés dans un coin de l'atelier, avec des cuirasses et des mannequins qui ne servaient plus à rien... Baptiste était devenu le grand-père de sa femme et le grand frère, impitoyable, de V*** l'aîné.

Le peintre vieillissait avec le siècle. Et le siècle, en vieillissant, se détournait de la gaîté, des bonheurs simples. Le siècle devenait grandiloquent, donneur de leçons, « père-la-Vertu »... V***, qui n'avait pas perdu sa bonne humeur dans ses malheurs, se sentait parfois si étranger à son époque qu'il se demandait si quelqu'un garderait, et regarderait encore, ses tableaux dans cinquante ans. Qu'avait-il apporté à l'Art ?

Il savait qu'en dépit de l'hostilité du nouveau Surintendant aux Bâtiments, et du mépris de quelques jeunes gens, Chardin ne se posait jamais cette question-là : il vivait, comme ses gobelets et ses pichets, dans un temps sans mouvement. De ses faiblesses — insuffisante maîtrise de la perspective, difficulté à rendre une expression — il avait fait sa force : sa peinture était immobile et close. Calme et secrète. Au cœur de ces intérieurs sans fenêtres, sans regards, sans échappées, il s'était installé dans un présent éternel dont nul ne le délogerait. Même la mort de son fils — le « bon à rien » — ne l'avait que peu affecté : le garçon s'était jeté dans un canal, à Venise ; Madame Chardin, qui n'était pas la mère de cet enfant, trouva qu'il y avait bien de l'extravagance à choisir Venise pour mourir... Non, Chardin — que Baptiste, devenu trop arthritique pour monter dans un fiacre, ne voyait plus que trois ou quatre fois l'an —, Chardin ne s'interrogeait jamais sur la pérennité de ce qu'il avait fait. Baptiste, si. Sans qu'il faille voir, dans cette inquiétude vague, la marque d'une véritable curiosité pour le futur : c'était seulement une autre manière de se pencher sur le passé.

Qu'avait-il apporté ? Le portrait travesti ?

Déjà oublié ! Son jaune ? Ah, pour ce jaune, il s'en voulait ! S'il avait vraiment décidé d'imposer un « jaune V*** », il aurait fallu s'en tenir à la même nuance, toujours ; la répéter de portrait en portrait, comme une marque de fabrique. Au lieu de cela, il avait, par gourmandise, parcouru toute la gamme des jaunes possibles. Il s'était offert, en ogre qu'il était, des platées de jaune — de l'or, du miel, du citron. Certes, il y avait un jaune dans chacun de ses portraits, un jaune cru ou un jaune passé : un épi, une jonquille, une topaze, une branche de genêt, des automnes cuivrés et des chairs ambrées. Il y avait même une robe « couleur de lune », mais il n'y avait pas de « jaune V*** » : pour le « jaune V*** », c'était raté ! Alors, de quoi lui serait-on redevable ? Du rendu soigneux de ses tissus ? Peut-être. Car les femmes ne renonceraient jamais aux brocarts, au poult-de-soie, au gros de Tours et aux lampas...

En vérité, ce que Baptiste avait apporté à la peinture — mais il l'ignorait — ne relevait ni d'une forme, ni d'un sujet, ni d'une technique : ce qu'il avait apporté, c'était lui-même. Sa joie bon enfant, sa naïveté, et sa formidable énergie — bref, sa vitalité. Le mouvement de cette vie traverse tous ses portraits, bouscule les conventions, entraîne les rois, les reines, les jeunes morts, les vieux vivants, et les petites boiteuses, dans une farandole insensée : même assis, ses modèles ont l'air de danser. La grosse Madame Infante comme la minuscule Claudine. Et dans cette ronde endiablée, où les mains s'attirent, se joignent, les « accessoires » aussi se trouvent emportés — éventails, écharpes, perruches, bichons, perroquets, tout danse dans les tableaux de Baptiste V***. Parce qu'il s'est ajouté à ses modèles.

Il déménagea encore une fois. Pour réduire les frais. S'installa dans le faubourg Saint-Marcel, mal fréquenté.

C'est alors que, faute de place, il dut vendre son matériel d'atelier — les bustes en plâtre, les mannequins d'osier, l'escabeau, l'armure, le fusil, les épées rouillées, et même les chevalets (il n'en garda qu'un). Il profita de cette vente pour céder aussi la moitié de sa bibliothèque, ses porcelaines, ses portefeuilles d'estampes, trois ou quatre tableaux d'Oudry, des dessins de Largillierre, ses propres esquisses, et tout V*** l'aîné. Ainsi allégé du passé mais lesté d'un peu d'argent, il se trouva content de son nouveau logement, qui lui parut presque grand. Il mit le *Portrait de famille* dans la chambre — puisqu'il n'y en avait qu'une...

Il avait renvoyé sa dernière servante, remplacée par une femme de charge qui passait tous les jours. Marianne, la sœur de lait de Sophie, venait aussi surveiller son ménage : elle ne vivait pas loin, au village du Petit-Gentilly. C'était devenu une vieille dévote, un peu poilue — il se souvenait du temps où, quai de la Mégisserie, elle était la maîtresse du vieux marchand provençal, à l'étage au-dessus ; on disait alors qu'elle se laissait conter fleurette par tout ce qui portait culotte !

Marianne grommelait entre ses dents parce que V*** ne changeait plus de chemise et que la cuisine était en désordre, envahie par des rebuts d'atelier : on y confondait les bouteilles de vin avec les bouteilles d'huile de lin ; l'égrugeoir servait à broyer des pigments ; il y avait de l'oxyde de fer dans une cuillère, et de la « préparation blanche » dans les marmites. « Un jour, vous vous empoisonnerez avec votre maudite bouillie ! » Et quand cette colle était refroidie, plus moyen de s'en débarrasser : il fallait jeter la marmite avec son contenu ! « Dieu me pardonne, Baptiste, mais il périt ici autant de casseroles qu'un prêtre en bénirait ! C'est une pitié que de vous voir tout dilapider !

— Et où veux-tu que je me mette pour travailler ? » Dans la chambre, on avait glissé sous le lit deux rouleaux de toile et des bois pour châssis ; sur le mur du fond, le *Portrait de famille* empêchait de mettre une armoire ; devant la fenêtre, le chevalet interdisait de passer ; et le grand clavecin vert et or « mangeait » tout le reste... Sur une console qui supportait déjà un trictrac, une boîte à compas, une bonbonnière et un moutardier, s'entassaient de petites ébauches. Petites, car l'argent manquait ; d'ailleurs, Baptiste, assis face à sa toile sur un tabouret, n'était plus capable que de mouvements limités. Mais, sur ce format réduit, il s'essayait à de nouveaux exercices : tout en condamnant le goût du temps, il avait voulu voir — comme toujours — s'il serait capable de s'y plier et d'y briller. Hé, peut-être, qui sait ? Il faisait donc des *Tête de Socrate*, des *Sourire* (sardonique) *d'Alcibiade*, des *Médée au poignard*, et, sur quelques pouces de large, une *Foule d'Égyptiens pleurant le suicide de Cléopâtre...*

Quand une attaque d'apoplexie l'eut privé de l'usage du bras droit — une infirmité supposée rédhibitoire pour un peintre —, il s'entêta à peindre avec le bras gauche. Il y parvint ! Mais plus question d'huile. Ni d'esquisse ou de dessin. Il fit des gouaches. Directement sur le papier. Et souvent sans pinceau : du bout du doigt. Il s'était mis en tête d'illustrer Milton, *Le Paradis perdu.*

Il lisait de plus en plus. Il avait vendu ses *Art de peindre*, et ses Montesquieu, l'« Histoire du Droit » et celle « des Religions » ; mais il lui restait Molière et Marivaux, les fables et les contes. Quand Marianne arrivait, tout embéguinée, le chapelet dans la poche et la sainteté aux lèvres, il lui disait des diableries de ce coquin de La Fontaine pour l'effaroucher !

Quel démon le poussa à reparaître au Salon ? La fierté ? Et de quoi était-il le plus fier quand il regardait le portrait de Sophie et des enfants : de son talent, ou de sa famille ?

Peut-être ne voulut-il que donner, une dernière fois, du bonheur aux spectateurs... Il avait découvert que les mains du portrait — dont aucune ne touchait une autre — formaient, sans qu'il y eût songé, une longue guirlande : une guirlande de mains, comme une guirlande de fleurs, courait à travers le tableau. Et, dans l'ombre, cette guirlande éclairait, cette chaîne humaine dansait : le tableau rayonnait, bougeait, rendait heureux. Tout y avait trouvé sa place — même le temps qui passe, les enfants qui meurent, et les roses fanées du Luxembourg. Baptiste voulut dire aux autres qu'à la fin tout prenait forme, qu'il n'y avait rien de trop, et le dire dans le seul langage qu'il connût : la couleur.

À l'Académie, dont il restait membre, il fit savoir qu'il désirait exposer un tableau de très grand format. Une seule toile : un *Portrait de l'artiste avec sa famille.* Personne n'eut le front de s'y opposer : pour un académicien aussi ancien, le Salon était un droit. Mais Joseph Vien, le nouveau « placeur » de l'institution, ne voyait pas non plus pourquoi favoriser le vieillard. D'abord, il ne fallait pas qu'un V***, représentant d'une école démodée, prît la place des jeunes talents, des Titien de demain, ceux dont les siècles à venir parleraient avec ravissement, dont les enfants du futur épelleraient le nom dès qu'ils connaîtraient l'alphabet : les Bounieu, les Briard, les Bardin, les Michard... Ensuite, à titre personnel, Vien gardait à Baptiste, débris de la vieille Cour, un chien de sa chienne : quand, au début de la guerre de Sept Ans, il avait présenté à l'Académie son morceau de réception, un *Embarquement de sainte Marthe*, V*** aurait dit à Boucher (qui l'avait répété) que ce tableau de piété était « aussi froid qu'une colonne de marbre » et qu'on n'y reconnaissait pas « le feu du génie ».

Le *Portrait de l'artiste avec sa famille* paierait pour cette phrase malheureuse — que, peut-être, V*** n'avait jamais prononcée : le tableau fut accroché dans un angle, loin de toute fenêtre, et si haut qu'il fallait renverser la tête pour deviner les visages. La paisible famille V*** semblait avoir grimpé jusqu'aux corniches pour échapper aux assauts d'une « peinture d'histoire » déchaînée : des *Cornélie* accouchant de petits Gracques dans tous les coins, des *Coriolan* brandissant leur glaive, des *Néron* incendiant Rome des deux mains... La plupart de ceux qui visitèrent le Salon n'aperçurent même pas là-haut, sur leur piton, les malheureux réfugiés ! Mais D'Aigremont les vit ; il vint pour les voir ; et pour en parler. L'heure de l'exécution avait sonné ; à ce peintre qui ne vendait plus rien, que tout le monde avait cru mort, et dont le nom seul, entouré d'un vague respect, disait encore quelque chose au public, il fallait ôter ce qui lui restait : la renommée.

« V*** est fini ! » : voilà le titre. « On assure que cet homme a été assez bon portraitiste. Il n'est plus rien : le portrait de sa famille est faible, c'est-à-dire flou et léché. Monsieur V***, vous ne connaissez pas la tête de vos enfants : certainement, ils ne sont pas comme cela ! Tenez, à gauche, cette petite fille au bonnet enfoncé : a-t-on jamais rien vu d'aussi laid ? Non, sûrement, cette malheureuse,

Monsieur V***, vous ne l'avez pas regardée ! Quant à votre femme, il y a un siècle que le Salon ne nous avait rien montré d'aussi guindé ! Son ajustement est apprêté comme pour le bal, mais la pauvre âme n'a pas même l'air de la vie. » Sans doute, depuis que Greuze avait échoué à y être admis comme peintre d'histoire, D'Aigremont ne fréquentait-il plus d'aussi près l'Académie — sinon, il aurait su à quoi s'en tenir sur la « famille de Monsieur V*** »...

Chardin se fit lire la diatribe. Il n'avait pas vu le tableau, et ne le verrait pas car il ne voyait plus (ou juste assez pour tenir un miroir au bout de son nez et s'essayer — au pastel — à de petits autoportraits) ; les phrases cinglantes du critique ne lui firent rien voir non plus : comment la peinture de V*** aurait-elle pu être à la fois « floue » et « léchée » ? Quand on veut tuer son chien... Chardin dicta aussitôt une lettre à son ami : « Tout le monde me fait l'éloge de ton grand portrait. On me parle d'attitudes charmantes, de contours gracieux, et des teintes les mieux choisies... Quant à D'Aigremont, il ne faut pas t'en embarrasser. C'est un ami de Tronchin, un calviniste, un homme austère qui n'a jamais aimé les portraits ; il les aime encore moins depuis que Drouais a manqué le sien, en l'habillant, paraît-il, avec “un luxe à ruiner un littérateur dans l’esprit du public” — il aurait préféré des haillons... » Tout en prodiguant ces bonnes paroles, Chardin tâchait pourtant de rattraper l’affaire en agissant auprès du critique du *Mercure de France*; lequel, à force de fleurir son style, donna à sa contre-attaque l’air d’une retraite : « Monsieur V***, célèbre dans l’art de prêter des grâces à la Nature sans la faire méconnaître, n’a pas eu besoin de ce talent pour nous conserver l’image d’une femme que la mort lui a enlevée il y a de nombreuses années : tous ceux qui la connaissaient ont eu à regretter les charmes de son esprit autant que ceux de sa figure. Le tableau, commencé il y a longtemps, contient le portrait de feu Madame V*** dans le plus bel âge, ainsi que le portrait de l’auteur et des enfants très jeunes qu’il avait alors et qu’il a perdus depuis. » Au moins les points sont-ils mis sur les i. Voici malheureusement le pavé de l’ours, ou la flèche du Parthe : « On doit tenir compte aujourd’hui à Monsieur V*** de ses travaux d’autrefois et du succès qu’ils ont eu. Son âge, d’ailleurs, et les infirmités qui l’accompagnent, ne le dispense que trop de concourir avec de jeunes émules »...

Acquitté, mais au bénéfice du passé. Et n’y revenez plus, par pitié ! V***, peut-être, ne savait pas peindre, mais il savait lire, et même entre les lignes : on lui signifiait son congé. Il était « fini », comme le proclamait le chroniqueur. Et perdu de réputation puisque le portrait auquel il avait consacré tant d'amour et tant d'années, ce portrait dont il voulait faire l'ambassadeur de sa joie, n'était pas bon. Pas une ligne d'éloge, pas un applaudissement : une croûte.

Quand la « croûte » revint du Salon, il la glissa sous son lit parce qu'il avait besoin, dit-il, d'installer une armoire à livres contre le mur de sa chambre. Sa seule consolation, c'était que Marianne, qui hériterait ce grand portrait, avait l'air de l'aimer : « Sophie est si belle là-dessus ! » Mais, comme un tableau de cette dimension n'entre pas dans une mansarde, il pensa qu'elle le découperait.

V*** fut-il un grand peintre ou un petit maître ? Et, d'ailleurs, qu'est-ce qu'un grand peintre, qu'est-ce qu'un petit maître ? Vermeer fut un petit maître pendant trois siècles ; et Meissonier, qui fut un grand peintre quand Béranger était un grand poète, n'est plus rien...

De « Monsieur V*** », que connaît le public contemporain ? Deux ou trois de ses portraits d'apparat : celui du Roi a disparu, mais, dans les livres d'Histoire, la Reine et le Dauphin sont toujours représentés tels que Baptiste les a vus. Malheureusement, peu d'historiens s'attardent sur cette reine triste et ce prince bigot. En fin de compte, nous voyons plus souvent « du V*** » dans les théâtres et les vitrines que dans les musées et les livres d'art : ses arrière-plans paysagers, agrandis, font de jolis décors ; et ses « détails » — oiseaux, fleurs, mains, drapés — sont utilisés par les reprographistes pour des pochettes de disques et des jaquettes de romans. Nous voyons encore « du V*** », mais nous ne savons plus ce que c'est.

Gardons-nous pourtant de dramatiser — le défunt n'est pas dans une situation désespérée : si l'Art fut un artisanat, et parfois un petit commerce, c'est aujourd'hui un grand marché. Les tableaux rocaille de Baptiste V*** sont sous-estimés ; il suffit aux marchands de les accumuler. Un jour ou l'autre, on publiera un catalogue raisonné ; on montera, à New York ou à Paris, une rétrospective (« V*** et le Roi », ou « V*** dans son temps », « Baptiste V***, l'oublié ») : le *Portrait de famille* fera une excellente affiche ; les musées nationaux sortiront leurs trésors des réserves où ils dormaient ; on ira débusquer chez les particuliers le dessin le plus médiocre ; les journaux consacreront à l'événement des suppléments spéciaux; et, puisqu'il nous faut du nouveau jusque dans le passé, la cote de V***, « redécouvert », atteindra des sommets...

Après le Salon, « Monsieur V*** » ne peignit plus. La femme de charge fut priée de détruire toutes les gouaches du *Paradis perdu.*

En revanche, il lisait, ses bésicles sur le nez. Ou, quand les caractères imprimés étaient trop petits, il demandait à Marianne de lui faire la lecture. Elle proposait les *Paraphrases sur les psaumes de la pénitence*, mais il leur préférait les romans de Richardson et les contes de fées : il aimait toujours les palais de diamant, les arbres de jade, les licornes blanches, et ces balles d'or que les petites filles égarent au bord des fontaines.

« On peut, en murmurant des mots magiques, faire remonter les fleuves vers leur source » : souvent, pendant que Marianne lisait — *recto tono,* comme au couvent —, Baptiste, enveloppé dans une couverture, s'assoupissait au fond de sa bergère.

Il mourut huit mois après l'exposition de son « grand portrait » et quatre ans avant Chardin. Ce soir-là, il avait mangé une compote, que Marianne lui avait donnée à la cuillère : il se plaignait de ne plus pouvoir remuer le bras gauche, elle dut le nourrir comme un enfant. « Comme il est lent ! On dirait cette pauvre Pauline... Et qu'il est sale, lui qui fut si soigné, si délicat... Oh, mon Dieu, pardonnez-moi de l'avoir tant aimé ! Trop aimé, quand ma Sophie vivait... Dire qu'alors il lui aurait suffi d'un regard... Merci, Seigneur, d'avoir rendu ce grand peintre aveugle à ce qui n'est pas colorié ! »

Elle lave l'assiette, la cuillère, range le pain, le torchon ; l'heure tourne, la lumière baisse ; enfin elle prend le livre, commence sa lecture : « Il était une fois une reine dont le seul malheur était de n'avoir point d'enfants... » V*** sourit, il a gardé sa serviette nouée autour du cou, il appuie sa tête contre le dossier du fauteuil, ferme les yeux. Marianne va jusqu'au bout du conte sans s'apercevoir qu'il est mort...

On peut, en murmurant des mots magiques, suspendre le cours de la nuit.

*Cette histoire n'est pas « de l'Histoire ». C'est un conte, et Monsieur V***, un personnage imaginaire — même si, à l'occasion, Jouvenet, Lemoyne et Nattier, changeant de rôle, ont posé pour son portrait.*

Je remercie Marie-Catherine Sahut, conservateur en chef au musée du Louvre et spécialiste de la peinture française du XVIII*e siècle, pour toutes les informations qu'elle m'a données ; je lui accorde aussi que Greuze est meilleur peintre que ne le croyait Monsieur V***, mais, comme disait Diderot, « il est peu d'hommes qui se réjouissent franchement du succès de celui qui court la même carrière »...*

DU MÊME AUTEUR

Aux Éditions Gallimard

LA CHAMBRE, *roman* (Folio *n° 4026*)

COULEUR DU TEMPS, *roman* (Folio *n° 4308*)

Aux Éditions Julliard

L'ALLÉE DU ROI, *roman* (« Pocket » *n° 2227*)

Aux Éditions de Fallois

LEÇONS DE TÉNÈBRES, *roman* :

LA SANS PAREILLE (« Livre de Poche » *n° 6791*)

L'ARCHANGE DE VIENNE (« Livre de Poche » *n° 6984*)

L'ENFANT AUX LOUPS (« Livre de Poche » *n° 7387*)

L'OMBRE DU SOLEIL, *théâtre* (en collaboration avec Jean-Claude Idée)

L'ENFANT DES LUMIÈRES, *roman* (« Livre de Poche » *n° 14104*)

LA PREMIÈRE ÉPOUSE, *roman* (« Livre de Poche » *n° 14686*)

Aux Éditions Norma

MAINTENON (en collaboration avec Georges Poisson)

COLLECTION FOLIO

Dernières parutions

4118.	Daniel Rondeau	*Istanbul.*
4119.	Dominique Sigaud	*De chape et de plomb.*
4120.	Philippe Sollers	*L'Étoile des amants.*
4121.	Jacques Tournier	*À l'intérieur du chien.*
4122.	Gabriel Sénac de Meilhan	*L'Émigré.*
4123.	Honoré de Balzac	*Le Lys dans la vallée.*
4124.	Lawrence Durrell	*Le Carnet noir.*
4125.	Félicien Marceau	*La grande fille.*
4126.	Chantal Pelletier	*La visite.*
4127.	Boris Schreiber	*La douceur du sang.*
4128.	Angelo Rinaldi	*Tout ce que je sais de Marie.*
4129.	Pierre Assouline	*État limite.*
4130.	Élisabeth Barillé	*Exaucez-nous.*
4131.	Frédéric Beigbeder	*Windows on the World.*
4132.	Philippe Delerm	*Un été pour mémoire.*
4133.	Colette Fellous	*Avenue de France.*
4134.	Christian Garcin	*Du bruit dans les arbres.*
4135.	Fleur Jaeggy	*Les années bienheureuses du châtiment.*
4136.	Chateaubriand	*Itinéraire de Paris à Jerusalem.*
4137.	Pascal Quignard	*Sur le jadis. Dernier royaume, II.*
4138.	Pascal Quignard	*Abîmes. Dernier Royaume, III.*
4139.	Michel Schneider	*Morts imaginaires.*
4140.	Zeruya Shalev	*Vie amoureuse.*
4141.	Frédéric Vitoux	*La vie de Céline.*
4142.	Fédor Dostoïevski	*Les Pauvres Gens.*
4143.	Ray Bradbury	*Meurtres en douceur.*
4144.	Carlos Castaneda	*Stopper-le-monde.*
4145.	Confucius	*Entretiens.*
4146.	Didier Daeninckx	*Ceinture rouge.*
4147.	William Faulkner	*Le Caïd.*
4148.	Gandhi	*La voie de la non-violence.*
4149.	Guy de Maupassant	*Le Verrou et autres contes grivois.*
4150.	D. A. F. de Sade	*La Philosophie dans le boudoir.*

4151. Italo Svevo	*L'assassinat de la Via Belpoggio.*
4152. Laurence Cossé	*Le 31 du mois d'août.*
4153. Benoît Duteurtre	*Service clientèle.*
4154. Christine Jordis	*Bali, Java, en rêvant.*
4155. Milan Kundera	*L'ignorance.*
4156. Jean-Marie Laclavetine	*Train de vies.*
4157. Paolo Lins	*La Cité de Dieu.*
4158. Ian McEwan	*Expiation.*
4159. Pierre Péju	*La vie courante.*
4160. Michael Turner	*Le Poème pornographe.*
4161. Mario Vargas Llosa	*Le Paradis — un peu plus loin.*
4162. Martin Amis	*Expérience.*
4163. Pierre-Autun Grenier	*Les radis bleus.*
4164. Isaac Babel	*Mes premiers honoraires.*
4165. Michel Braudeau	*Retour à Miranda.*
4166. Tracy Chevalier	*La Dame à la Licorne.*
4167. Marie Darrieussecq	*White.*
4168. Carlos Fuentes	*L'instinct d'Iñez.*
4169. Joanne Harris	*Voleurs de plage.*
4170. Régis Jauffret	*univers, univers.*
4171. Philippe Labro	*Un Américain peu tranquille.*
4172. Ludmila Oulitskaïa	*Les pauvres parents.*
4173. Daniel Pennac	*Le dictateur et le hamac.*
4174. Alice Steinbach	*Un matin je suis partie.*
4175. Jules Verne	*Vingt mille lieues sous les mers.*
4176. Jules Verne	*Aventures du capitaine Hatteras.*
4177. Emily Brontë	*Hurlevent.*
4178. Philippe Djian	*Frictions.*
4179. Éric Fottorino	*Rochelle.*
4180. Christian Giudicelli	*Fragments tunisiens.*
4181. Serge Joncour	*U.V.*
4182. Philippe Le Guillou	*Livres des guerriers d'or.*
4183. David McNeil	*Quelques pas dans les pas d'un ange.*
4184. Patrick Modiano	*Accident nocturne.*
4185. Amos Oz	*Seule la mer.*
4186. Jean-Noël Pancrazi	*Tous est passé si vite.*
4187. Danièle Sallenave	*La vie fantôme.*

4188. Danièle Sallenave	*D'amour.*
4189. Philippe Sollers	*Illuminations.*
4190. Henry James	*La Source sacrée.*
4191. Collectif	*«Mourir pour toi».*
4192. Hans Christian Andersen	*L'elfe de la rose et autres contes du jardin.*
4193. Épictète	*De la liberté* précédé de *De la profession de Cynique.*
4194. Ernest Hemingway	*Histoire naturelle des morts et autres nouvelles.*
4195. Panaït Istrati	*Mes départs.*
4196. H. P. Lovecraft	*La peur qui rôde et autres nouvelles.*
4197. Stendhal	*Féder ou Le Mari d'argent.*
4198. Junichirô Tanizaki	*Le meurtre d'O-Tsuya.*
4199. Léon Tolstoï	*Le réveillon du jeune tsar et autres contes.*
4200. Oscar Wilde	*La Ballade de la geôle de Reading.*
4201. Collectif	*Témoins de Sartre.*
4202. Balzac	*Le Chef-d'œuvre inconnu.*
4203. George Sand	*François le Champi.*
4204. Constant	*Adolphe. Le Cahier rouge. Cécile.*
4205. Flaubert	*Salammbô.*
4206. Rudyard Kipling	*Kim.*
4207. Flaubert	*L'Éducation sentimentale.*
4208. Olivier Barrot/ Bernard Rapp	*Lettres anglaises.*
4209. Pierre Charras	*Dix-neuf secondes.*
4210. Raphaël Confiant	*La panse du chacal.*
4211. Erri De Luca	*Le contraire de un.*
4212. Philippe Delerm	*La sieste assassinée.*
4213. Angela Huth	*Amour et désolation.*
4214. Alexandre Jardin	*Les Coloriés.*
4215. Pierre Magnan	*Apprenti.*
4216. Arto Paasilinna	*Petits suicides entre amis.*
4217. Alix de Saint-André	*Ma Nanie,*
4218. Patrick Lapeyre	*L'homme-soeur.*
4219. Gérard de Nerval	*Les Filles du feu.*
4220. Anonyme	*La Chanson de Roland.*

4221. Maryse Condé — *Histoire de la femme cannibale.*
4222. Didier Daeninckx — *Main courante* et *Autres lieux.*
4223. Caroline Lamarche — *Carnets d'une soumise de province.*
4224. Alice McDermott — *L'arbre à sucettes.*
4225. Richard Millet — *Ma vie parmi les ombres.*
4226. Laure Murat — *Passage de l'Odéon.*
4227. Pierre Pelot — *C'est ainsi que les hommes vivent.*
4228. Nathalie Rheims — *L'ange de la dernière heure.*
4229. Gilles Rozier — *Un amour sans résistance.*
4230. Jean-Claude Rufin — *Globalia.*
4231. Dai Sijie — *Le complexe de Di.*
4232. Yasmina Traboulsi — *Les enfants de la Place.*
4233. Martin Winckler — *La Maladie de Sachs.*
4234. Cees Nooteboom — *Le matelot sans lèvres.*
4235. Alexandre Dumas — *Le Chevalier de Maison-Rouge.*
4236. Hector Bianciotti — *La nostalgie de la maison de Dieu.*
4237. Daniel Boulanger — *Le tombeau d'Héraldine.*
4238. Pierre Clementi — *Quelques messages personnels.*
4239. Thomas Gunzig — *Le plus petit zoo du monde.*
4240. Marc Petit — *L'équation de Kolmogoroff.*
4241. Jean Rouaud — *L'invention de l'auteur.*
4242. Julian Barnes — *Quelque chose à déclarer.*
4243. Yves Bichet — *La part animale.*
4244. Christian Bobin — *Louise Amour.*
4245. Mark Z. Danielewski — *Les lettres de Pelafina.*
4246. Philippe Delerm — *Le miroir de ma mère.*
4247. Michel Déon — *La chambre de ton père.*
4248. David Foenkinos — *Le potentiel érotique de ma femme.*
4249. Eric Fottorino — *Caresse rouge.*
4250. J.M.G. Le Clézio — *L'Africain.*
4251. Gilles Leroy — *Grandir.*
4252. Jean d'Ormesson — *Une autre histoire de la littérature française I.*
4253. Jean d'Ormesson — *Une autre histoire de la littérature française II.*

4254.	Jean d'Ormesson	*Et toi mon cœur pourquoi bats-tu.*
4255.	Robert Burton	*Anatomie de la mélancolie.*
4256.	Corneille	*Cinna.*
4257.	Lewis Carroll	*Alice au pays des merveilles.*
4258.	Antoine Audouard	*La peau à l'envers.*
4259.	Collectif	*Mémoires de la mer.*
4260.	Collectif	*Aventuriers du monde.*
4261.	Catherine Cusset	*Amours transversales.*
4262.	A. Corréard et H. Savigny	*Relation du naufrage de la frégate la* Méduse.
4263.	Lian Hearn	*Le clan des Otori, III : La clarté de la lune.*
4264.	Philippe Labro	*Tomber sept fois, se relever huit.*
4265.	Amos Oz	*Une histoire d'amour et de ténèbres.*
4266.	Michel Quint	*Et mon mal est délicieux.*
4267.	Bernard Simonay	*Moïse le pharaon rebelle.*
4268.	Denis Tillinac	*Incertains désirs.*
4269.	Raoul Vaneigem	*Le chevalier, la dame, le diable et la mort.*
4270.	Anne Wiazemsky	*Je m'appelle Élisabeth.*
4271.	Martin Winckler	*Plumes d'Ange.*
4272.	Collectif	*Anthologie de la littérature latine.*
4273.	Miguel de Cervantes	*La petite Gitane.*
4274.	Collectif	*«Dansons autour du chaudron».*
4275.	Gilbert Keeith Chesterton	*Trois enquêtes du Père Brown.*
4276.	Francis Scott Fitzgerald	*Une vie parfaite* suivi de *L'accordeur.*
4277.	Jean Giono	*Prélude de Pan et autres nouvelles.*
4278.	Katherine Mansfield	*Mariage à la mode* précédé de *La Baie.*
4279.	Pierre Michon	*Vie du père Foucault — Vie de Georges Bandy.*
4280.	Flannery O'Connor	*Un heureux événement* suivi de *La Personne Déplacée.*
4281.	Chantal Pelletier	*Intimités et autres nouvelles.*
4282.	Léonard de Vinci	*Prophéties* précédé de *Philosophie et aphorismes.*

Composition CMB Graphic
Impression Maury
à Malesherbes, le 3 janvier 2006
Dépôt légal : janvier 2006
Numéro d'imprimeur : 118874

ISBN : 2-07-032030-8./Imprimé en France.

139907